U0081298

棄子

城市黑幫往事

楓雨——著

推薦序　生存或正義的是非題

「女偵探佐莉絲推理系列」作者　亞斯莫

從推理到黑道

看過楓雨所寫《伊卡洛斯的罪刑》的政治推理小說，再看這部《棄子：城市黑幫往事》的黑道故事，不禁令人感到作者的跨度十分之大。由於楓雨十分熱愛黑道電影《無間道》、《教父》，因此從《伊卡洛斯的罪刑》的世界觀之中延伸出這部屬於黑道的小說作品。

特殊的敘事技巧

《棄子：城市黑幫往事》，採用與《伊卡洛斯的罪刑》類似的敘事方式，就是將現在發生的事情、過去的故事，兩相穿插，交錯出極其複雜的閱讀感受。

這樣的敘事方式除了增添懸念的滯留外，更可以帶動讀者觀看的意願，而本書還特別使用色塊來區分現在與過去，更是一項別緻的設計。

許多名作會選擇以「今昔對比」的方式，提供過去發生的故事與現在進行中的事件產生各個層面的互相關照。所以，楓雨藉由這種交錯的敘事方式來提醒閱讀者：「故事主角曾經有的過去，影響了現在的發展，甚至還往未來推進。」另一方面，更增加了閱讀的樂趣，以及解開主角抉擇最後立場背後的真正原因。

生存與正義的界線

本書中所想傳達的概念就是：沒有所謂的二分法。

「對」、「錯」的概念，該從何種角度來解讀？

警察真的就正義了嗎？

「你當警察是甚麼了？人民保姆嗎？」周朔說出這句話的時候，他本身已是黑道，同時也是警方的臥底線人，幾番驚險的生死危難中，他以生命體會了這句話。

再藉由本書中某位高階警官所說：「我們的警察訓練一直在灌輸正義的信念，而他不過是要活下去而已。」

正義與生存在這一刻成了選擇題。

從一開始被刑警「拯救」的孤兒周朔，哪裡會知道未來的事情是什麼？又怎會知道被人設計了呢？孟夏辰教周朔打贏那群小混混的當下，曾想過利用這個孩子成為臥底嗎？

崇拜、尊重，一步步踏上了成為黑道老大的道路，在過程中為了生存，不顧一切，但肩上的那個綠色包包，代表周朔一輩子都無法完成的事情：「夢想實現不了，就只好把夢帶在身上。」

要能生存下去，就必須要有所犧牲。

周朔體認到了：「這世界就是一片險惡的叢林，千萬別讓人猜透妳在想甚麼，因為妳永遠不知道會不會有隻狼在妳家門口等著。」

所以，為了一群必須要犧牲的臥底，某些臥底成為「棄子」。

正、反、正反正、反正反，這樣的詰問，永遠沒有答案，人性，永遠沒有真相。正如同，警察與黑道之間的利益角力，永遠存在，就算看透了真相，半個人已經陷入泥淖，起身與否，一念之間。

高潮迭起的黑道風雲

拿古惑仔系列相比，《棄子：城市黑幫往事》有旅館街的警察、黑道對峙的大型場面。情義相挺的部分：許國強與周朔原本是幼時的敵人，卻在進入黑幫後結為兄弟。不打不相識的兩人，最後，竟成了焦孟之交！更甚之，周朔寧願為了兄弟之情而頂撞昔日恩人。

拿教父系列相比，鬥智鬥狠的部分：爾幫老大動員了所有幫中弟兄以及親信，老奸巨猾的他最終目的何在？對峙的黑道與警方，燈亮燈暗之際，各自在打什麼算盤？即將交戰的雙方，密實的人牆布局，汽油彈、水車、警棍，一陣吶喊之後，雙方人馬波浪般瘋狂雜遝，這場大陣仗，最後是誰勝出得利？

醉心於想創造出屬於台灣黑道小說的楓雨說：《棄子：城市黑幫往事》是參考真人真事所創作出來的小說。

故事從一開始的青少年講起，從輸家談起，進而轉入贏家，正當拍手叫好的剎那，竟落入作者故事中的意外事件，不鼓勵讀者對號入座，但故事內容卻使人看得熱血澎湃，陷溺於其中，久久不能自已。

想一窺台灣黑幫的故事，想進入一場充滿算計的世界，《棄子：城市黑幫往事》將是最佳的選擇。

CONTENTS

序曲

「小朋友，如果我跟你說，這座城市的黑幫老大，其實是警方的臥底，你信不信？」在偵訊室慘白的燈光下，一名身材精實、身穿窄版西裝的中年男子用悶沉又帶點戲謔的嗓音說著。

整間偵訊室的擺置一眼就能看透，不過是兩張椅子和一張桌子，椅子和桌子都是簡易的折疊款式，其中一張椅子坐著剛剛說話的那名中年男人，另一張椅子則隔著桌子遙遙相對，坐著一名身穿刑警制服、看上去年約二三十歲的年輕男子，桌上放著一臺看來有些許歲月的錄音機，錄音機的長軸就橫在兩人相對而坐的正中線上，像一道長城隔開了兩人。

天花板上頭懸著一座白得刺眼的日光燈，地板則由白色防滑磁磚拼成，四面單調的牆上，除了一扇供出入的門外，就是一面大片單面鏡，反射著房間的全景。

「周朔先生，要我說的話，身為一名黑幫老大，淪落到要用這種三流的說辭脫罪，我只有一個感想……」坐在對面的刑警挑了挑眉，背後的單面鏡映著他的背影和那名叫周朔的男人，他嗤地冷笑了一聲後搖搖頭：「悲哀，非常悲哀。」

「郭警官，我要是想脫罪，就應該將全國最貴的律師找來，但現在只有我跟你，你不想想是為什麼嗎？」周朔瘦削的臉龐環視了偵訊室一周，最後定格在郭警官身後的單面鏡：「我跟你保證，那後面也是甚麼人都沒有。」

郭警官轉過身，他不以為然的表情一下映上了單面鏡，看著鏡中周朔自信的表情，郭警官瞬間閃過敵視的眼神，但又很快收斂，堆起挑釁的笑容，假意對單面鏡揮了揮手，然後一臉愉快地轉回身子。

「這麼大的貴客來訪，怎麼可能沒有人來湊熱鬧……」郭警官又嗤地冷笑。

「去看看。」周朔沒辯解，只是簡短地說。

「你不會想耍甚麼把戲吧！」郭警官把身子轉向門口，可是眼神沒離開周朔，盯著他看了好一會兒，臉上閃過挑釁、猶疑以及掩飾的無奈神情，最後搖搖頭，往門口走去，並壓下了門把。

一開門就能察覺不對勁的氣氛，因為外頭安靜得異常，走廊上沒有一個人，郭警官步出門口前遲疑地回過頭，周朔沒說甚麼，只是平靜地迎上他的眼神，郭警官打理了一下臉部表情，便踏出門口，往隔壁的觀察室走去。

郭警官在觀察室的門前稍停一下，忽然很快地壓下門把推開門，並警戒地快速瞄過房間內的每個角落，裡頭的確一個人都沒有，最後他望向單面鏡，偵訊室裡的周朔依舊平靜，而且彷彿能看穿單面鏡似的，正透過鏡子和警官遙遙相望。

郭警官很快走出觀察室，並警戒地望向走廊盡頭，那裡仍舊沒有一個人，他又迅速走回偵訊室，關上門後，手指下意識地伸向門把的軸心，才發現偵訊室的門並沒有裝配門鎖，他又在門前遲疑了一下，才終於回到先前的位置坐定。

「怎麼樣？」周朔不慍不火地提問。

「怎麼辦到的？」郭警官也很快打理好心緒，淡淡地反問。

「每個人都怕我，每個人都覺得少一個人沒甚麼，後來就都走了。」周朔緩緩答道：「你們或許能一群人浩浩蕩蕩地把我帶走，但是單獨一個就不成氣候。」

「我的搭檔呢？他不可能走。」郭警官眼神微微露出慍色。

「他沒走，只是被耽擱了。」周朔察覺到他的眼神轉變，又補了一句：「別緊張，沒甚麼大事，只是稍稍困住他而已。」

「你到底想怎樣？」郭警官直視對方的雙眼，眼角一條肌肉正不自主抽動。

「我是臥底，不想讓其他人知道身分，如此而已。」周朔沒刻意瞪回去，只是尋常地望著對方說話。

「不管怎樣，我就做我該做的事。」郭警官站起身，雙手橫過桌子的中線，將桌上的錄音機調轉了方向，原本橫在兩人中間的長城，瞬間成了從郭警官延伸向周朔的劍，擺置好後，郭警官的手指便探向錄音機上的按鈕。

「等等！」周朔在郭警官按下前喊了聲，看後者停下手邊動作，便微微一笑道：「你要是按下錄音機，我這麼大費周章就沒意義了。」

「你到底想幹嘛？」郭警官的手仍貼在錄音機上，不耐煩地問著。

「你不想聽故事嗎？」周朔仍舊平心靜氣，甚至還露出一抹無害的微笑。

「甚麼故事？」郭警官反倒顯得更加煩躁了。

「剛剛說了，關於一個臥底的故事。」周朔不疾不徐地答道。

「我不懂，真的不懂……」郭警官苦笑著搖頭，把手從錄音機上頭縮回來，雙手交抱在胸前，重重坐上原先的座位，好一陣子半句話都不說，過一會兒才不情願地開口：「你說你是臥底，那好，就先說說你跟哪位同仁接頭？」

「孟夏辰，你們的警政署長。」周朔的回答依舊流暢。

第一幕　英雄出少年

第一章　孤兒與刑警

那是一條暗巷，外頭的人車來來往往，但沒人往裡頭看過一眼，只偶爾有幾條流浪貓狗經過，被裡頭悶沉的打擊聲勾起興趣，不過也就只是多看了一眼，沒有一條貓狗真的因此走進巷子內。

那樣的擊打聲來自暗如黑夜的巷底，幾個大孩子正圍著一個點拳打腳踢。

「幹什麼東西?!」伴隨沉重又急促的腳步聲，一聲男性的低吼傳了過來，圍在一起的幾個孩子便散了開來，中間讓出的空間躺著一名傷痕累累的男孩，原先聚著的孩子警戒地望向聲音來源，一下也抓不準該進或該退。

來者是一名約莫二十多歲的青年，留著一頭中規中矩的短髮，卻在下巴蓄著一排濃密短硬的鬍子，此刻他正用細長如柳葉的雙眼瞪視著，見那群孩子還不走，青年便從夾克內袋裡掏出證件，在幾個孩子面前晃了晃：「看甚麼？警察啊！」

看見證件，那群孩子才終於下定決心，紛紛離開了現場，可是沒有一個人的眼神中帶著倉皇，甚至有幾個還丟下了挑釁的神色，更多的是輕蔑的眼神。

「起來吧！」等所有人都散去了，青年上前把地上的男孩攙起，那是年紀約莫十五歲上下的大孩子，身子雖不到壯碩，卻也不算文弱書生，個子甚至還比同年齡的男孩要高些，因此青年抬得有些費勁：「吃這麼壯，怎麼還挨打？」

「因為我是個孤兒。」好不容易被扶到一旁的牆角坐著，男孩擦了擦嘴角的血絲應聲道，雖然雙眼的周圍有些瘀腫，不過看來傷勢不重，方才的攻勢應該都集中在頸部以下，而他身上那件帽T不管原本是甚麼顏色，現在都成了髒灰色。

「都甚麼年代了，難道還會有野孩子圍著孤兒喊『他沒爹沒娘』嗎？」青年打趣地哼笑，歪頭打量了下男孩的傷勢，眼角卻瞥見地上還有一包東西，那是被人踩爛的墨綠色側背包，青年撿起來拍了拍：「這可是我見過最慘的一個背包。」

「我剛注意到你把名字遮起來了，為什麼？」男孩冷不防迸出一句低語，他偏頭瞄到青年撿起的那只側背包，短暫閃過異樣的神色。

青年把玩背包的手停住了，頓時臉色一沉，他回憶起幾分鐘前的情景，當他拿出警察證件時，的確刻意用手指擋住了證件上的名字，而他又仔細翻找當時的記憶，儘管男孩當時被一群人圍著，但似乎真的從一道小縫隙中看到了這一幕。

「他們是『爾幫』的人，儘管還只是群孩子，不過多一事不如少一事。」青年選擇坦承，神色早沒有方才的從容和自信。

「是說『福東會』嗎？」男孩接續問道。

「給個面子，在我面前就叫他們『爾幫』。」青年說著便將背包扔還給男孩：「這是警察的黑話，不是他們幫主爾學義的『爾』，而是噁心的『噁』。」

「嗯。」男孩只是不置可否地應了聲。

「我剛注意到，他們當中有個人似乎不大敢動手，為什麼？」青年很快轉移話題，並回憶起當時的情景，的確有個比較瘦弱的男孩，過程中只是在外圈繞著，偶爾喊個幾聲，然而那幾聲喊著都有那麼一點心虛。

「那個人被我打過，有點怕我。」男孩想也沒想便回答。

「還有一個是從背後架著你，可是看你似乎本來就不打算反擊，我實在不懂架住你的意義在哪裡。」青年再度回憶著當時的景況，那個人雖然高些，但和眼前的男孩比起來還是小了一號：「如果我沒猜錯的話，那個人應該也有些怕你。」

「那兩個傢伙只有聚在一起才敢這樣，在路上遇到我都躲遠遠的。」男孩忿忿地應道，此時他已經擦除臉上大部分的髒污，面孔也頓時變得分明，可以看到瘦削的顴骨和略尖的下巴，下巴微微向前突，從側面看來就像一彎新月。

「有些人就是這樣，一群人能夠浩浩蕩蕩的，單獨一個就不成氣候。」青年再度發出了打趣的哼笑聲，饒有興致地撫摩過下巴的短鬍：「如果你願意，我可以教你怎麼反擊。」

「把那兩個人單獨約出來打嗎？」男孩瞬間閃過凶狠的眼神。

「傻孩子，如果你搞掉那兩個，你就真的成最小的了。」青年歪著頭哼笑，微瞇著原本就十分細長的雙眼：「相反地，如果能攏絡他們，他們還能幫你。」

「那該怎麼辦？」男孩很快接著問，圓睜的雙眼泛著渴求的光芒。

「先確認你的實力。」青年很快回應，並開始梳理記憶中的線索：「他們一共有五個人，剛剛說的那兩個，完全不敢打的肯定是最小的，就叫他『老五』，而在背後架著你的那個，應該是次小的，就稱他作『老四』吧！」

「他們的『老大』並不難猜，就是那個帶著墨鏡的不倒翁，他和『老五』一樣都不大動手。」青年繼續邊回憶邊分析，那個被他代稱作「老大」的大孩子，不僅比眼前的男孩高過一個頭，身材也大了一號，真的就像一只巨型不倒翁。

「最後，就剩下兩個人。」青年又摩了摩下巴的短鬍：「那兩人是主要動手的，其中一個打得特別狠，通常這代表的不是地位高，而是一種危機感，所以我猜他實力和你不相上下，也是團隊裡的『老三』。」

儘管青年是透過出手的頻率區分「老二」和「老三」，不過其實光看外貌也不難猜，儘管「老二」身高比眼前的男孩略矮，大約介於「老四」和「老五」之間，但骨架寬大又肌肉發達，再加上滿臉橫肉，就像條活生生的鬥牛犬。

「沒想到你看得那麼細，大概看了蠻久的吧！」男孩聽完後不是滋味地說。

「我是警察，這是基本技能，幾秒鐘就能解決的事。」青年像是假裝沒聽懂男孩的言外之意，接著又問：「現在最重要的是，你知道該怎麼做了嗎？」

「如果不能動那兩個最小的，那就是先搞掉老三吧！」男孩淡淡地回答。

「傻孩子，老三不可能接受你的挑戰。」青年說著搖搖頭：「因為他知道自己有可能會輸，輸了他就不用混了，而贏了你也沒甚麼好處，所以不等你開口，他就會聯合其他四個人收拾你。」

「要不然還能怎樣？」男孩不服氣地噘起嘴。

「挑戰老二，他覺得自己會贏，基於面子就有可能跟你公平競爭。」青年說著直望向男孩的雙眼：「但是要挑戰他，就得累積實力，你有這個覺悟嗎？」

男孩一下沉默了，他拎起那只墨綠色的側背包，仔細端詳著，透過背包上的小破洞望向巷子口，儘管巷底暗如黑夜，外頭的朝陽卻明亮得刺眼，背包上的破洞也頓時成繁星點點，他就這樣望了許久，許久都沒說過半句話。

過好一會兒，他終於放下了側背包，然而有好一陣子還是一聲不吭，最後才終於抬起頭，望向身旁的青年，淡淡問了一句：「為什麼要這麼做？」

「你難道想一輩子這樣嗎？」青年反問。

「不是我，是你。」男孩抬起頭，直視青年的雙眼：「你為什麼要這麼做？」

「因為我是警察。」青年仰起頭緩緩舒了口氣，嘴角閃過一抹苦澀的笑容：「我不知道其他同事怎麼想，反正我是看不慣『爾幫』，既然現在沒人動得了他們，如果這樣能動到他們幾根寒毛，倒也挺好。」

「那幾個小屁孩，剛剛用傷害罪現行犯逮捕不就成了？」男孩狐疑地問。

「那不一樣，傷害罪關不了幾天，更何況都是孩子，說不定連關都不用，口頭訓誡幾句就可以走，對他們這種人來說，反而是種光榮。」青年舔了下嘴唇，摩了摩下巴的短鬍：「可是由你去扳倒他們就不一樣，他們一輩子都會抬不起頭。」

「說起來你就是在利用我？」男孩雖然挑了挑眉，然而表情明顯是在笑著。

「別這麼說，我們是互相利用。」青年也發出會心的微笑：「應該這麼說，我們是在合作，剛剛只是提供你一個無法拒絕的理由。」

「成交，警察大人。」男孩伸出手。

「我叫孟夏辰，第三分局偵查佐，給面子的話就叫聲辰哥。」青年厚實的手掌握住男孩伸出的手，另一隻手在男孩的肩膀上拍了拍：「說到底，我也還不知道你的名字。」

「我叫周朔，請多多指教。」男孩也用力回握了青年的手，那力道以男孩的體格來說算不上輕，最後男孩又向青年微微一笑。

一瞬間只能看見一張臉，隨著一聲悶響，眼前忽然一黑。

周朔抬起頭，動手的又是「老三」，那個身高和周朔差不多，身材卻像竹節蟲似的傢伙，這幾天他越來越常出手，而且也越來越常打頭，此刻「老三」甩了甩拳頭，左右跳了跳，下一波攻勢正蓄勢待發。

周朔偏頭往旁啐了口血，回過頭冷靜分析著局勢，腦袋裡回想著辰哥訓練時不斷提醒的話語：**街頭戰鬥第一原則，永遠不要忘記眼觀四面、耳聽八方。**

於是周朔轉著眼珠子左右望了望：除了「老二」因為「老三」的熱心而減少出手頻率，其他三人的角色倒是沒有甚麼改變，「老四」仍在背後架著，「老大」、「老五」則大多站在一旁吆喝，「老五」的吆喝聲同樣畏縮，而「老大」一如往常總戴著墨鏡，穿著立領的皮夾克……

不過這都不是重點，重點是「老二」出手的次數少了。

周朔在心裡告訴自己：不能再這樣下去，必須逼「老二」出手。

於是，他冷不防地將頭往後猛撞，後腦杓的觸感告訴他，那一擊大概撞斷了「老四」的鼻梁，伴隨著一聲慘叫，架住他的力道也頓時癱軟。

但他沒等手臂的束縛鬆開，在「老三」反應過來前，右腳就往對方的膝蓋踹了下去，在對方試圖穩住重心的同時，他的右手臂也成功脫出，便順勢再往「老三」的左下巴招呼過去，「老三」頓時雙眼失神，重重往後倒去。

就在周朔這行雲流水的一拳一腳之間，他耳畔響起辰哥那沉穩的嗓音，那聲音聽來如神諭般不容置疑：**街頭戰鬥第二原則，別放過任何的攻擊機會，不斷攻擊直到對方沒有反擊能力。**

「放馬過來，讓我看看你有幾兩重！」那是第一場訓練，地點是在一棟大樓的天台，都市的嘈雜聲離他們異常遙遠，彷彿一座世外桃源，又或者華山之巔，此時辰哥紮穩了馬步，雙臂展開，朝周朔招了招手。

周朔在原地跳了幾下，他不曾這樣主動和人約架，大多是他先被人打了，然後才防禦性地還手，因此猶豫了好一陣子，才終於想好該怎麼出擊，他先是深吸了一口氣後，才鼓足衝勁往前奔去，使盡全身的力氣往辰哥的腹部招呼一拳。

「幹甚麼東西！」沒想到辰哥一個側身閃過，手指使勁往周朔的喉頭甩了一下，周朔立刻失了重心，並痛苦地摀住喉頭，辰哥順勢提著周朔的衣領兜了一圈，毫不費力就將他放倒在地，並低頭罵道：「當我玻璃做的嗎？打架還敬老尊賢啊！」

周朔掐著吃痛的喉嚨，難受地蜷縮在地，一時半會都發不出聲音。

「每個人的力量都是有限的，因此每一分力都要發揮最大的效果，每一拳、每一腳都要打在最有用的地方。」辰哥站著俯視一臉難受又混雜著疑惑的周朔：「你剛打我的肚子又是怎麼回事，難道要慢慢打到我脾臟出血，還是腹膜炎？」

辰哥又提著周朔的領子將對方一把拎起，提到面前用力晃了晃，臉貼著臉衝著周朔吼道：「街頭打鬥沒有任何規則，只有活著和死了！你要想活著，就別想對敵人仁慈，每份仁慈換來的只是雙倍的殘忍！所以別裝娘們了，快給我站好！」

辰哥瞬時鬆開手，周朔一下失了重心，不過又趕忙識相地站穩腳步。

「知道一個人最脆弱的地方在哪嗎?!」辰哥又對著他吼。

「喉……喉嚨！」周朔邊說著邊撫過剛剛被甩上的地方。

「很好，還有呢?!」辰哥又吼道。

「……褲……褲襠！」周朔遲疑了一下才答道。

「很好，再來！」

「……不知……眼珠子！」周朔像終於猜到答案的學生般竊喜道。

「不要停下來，然後呢！」沒想到辰哥一點也沒有讚許的意思。

「報告，不知道！」周朔像在賭氣，可是也真想不出了，於是便立正站好。

「不知道?!那我就來告訴你，下一個就是膝蓋！」辰哥吼著，瞬時往周朔的左膝一踢，周朔頓時左腳一軟，在失去重心的同時，辰哥的拳頭冷不防地又灌入了他的左下巴，同時衝著他的腦門吼：「最後一個就是下巴！懂嗎?!」

「了解，阿SIR！」周朔跪倒在地，摀著酸楚的下頷，強打精神喊著。

「還開玩笑啊?!」辰哥又衝著他吼，繞著跪倒的周朔踱起方步來：「我剛才只用了一成力，如果使全力的話，你的腦袋早炸暈了，膝蓋也該折到另一邊去，所以別在這邊給我嗯嗯啊啊的，給我站起來！」

「是！」周朔應聲喊道，然後撐著身子站了起來。

沒錯，只要使上全力，下巴那一擊誰都受不住，這點只要看倒在地上的「老三」就知道了，他一時半會應該都沒辦法醒來了。至於後頭的「老四」，也不須費心轉頭確認，畢竟一個被鼻血嗆住的人應該不會有甚麼反擊能力。

眼前就只站著三個人：「老大」、「老二」、「老五」。

「老五」不用說，平常就夠畏縮了，此刻只是因為琢磨了其他兩人的臉色，所以不敢落荒而逃而已，此時的他雖然擺出了架式，但自衛的成份多過挑釁，臂膀也不住顫抖著，雙眼可憐兮兮地暗暗傳遞著討饒的信息。

「老大」戴著墨鏡，遮去了大半的表情，不過從嘴角弧度看來，憤怒應該大過震驚，但看他雙手仍插在皮夾克口袋裡，大概也沒打算親自動手，只是聳聳肩鬆了鬆臂膀，然後往「老二」的方向看去。

「這小雜種，原來也會反擊啊！」就像電玩遊戲，角色要發起挑戰前，都會來段有些老套的開場白，「老二」也不免俗地先罵了一句，才提起右拳一個箭步向前，那態勢就像一條準備撕咬獵物的鬥牛犬。

周朔側身閃過「老二」的攻勢，也因此可以從眼角瞥見本在後頭的「老四」，他的確還在清鼻血，並像小狗一樣用嘴呵氣，暫時不構成威脅；另一側的眼角掃到「老五」，儘管對方沒打算動作，不過為了不要有後顧之憂，在「老二」第二波攻勢尚未前來的空檔，周朔還是一拳轟向他的下巴，讓他陪著「老三」一起倒落到地上。

此時「老二」已經收住右拳的後勁，左拳應勢而出，周朔因為剛剛那一連串的動作，現在要閃身已經有點晚了，因此他決定讓胸骨迎面承受這波攻擊，同時醞釀右拳的反擊。

反正平常挨打慣了，而且左拳的力道相對弱些，應該不成問題。

就在周朔這麼想的當口，拳頭已經擊中了胸口，剛觸及的瞬間，他就意識到了情況不妙，下一秒身子就立刻往後倒，原本攢起的右拳頓時癱軟，腦子一片空白，身體變得不聽使喚，就這樣硬生生讓後腦杓撞上了水泥地面。

「混帳，叫你還手！」老二對地上的周朔啐了一句，然後忿忿地踢幾下，看周朔是真的沒法動了，便去踢同樣倒在地上的其他三人，等三人都轉醒了，看周朔還是沒動作，就悻悻然地走了，臨走前還不忘對那只墨綠色側背包補幾腳。

周朔就這樣在暗巷中靜靜躺著，外頭車水馬龍依舊，過了好一會兒，才見一名高壯的青年走進巷裡，他歪著頭跳步走，蹦著到了周朔身邊，右腳踩到他的肩膀上輕輕晃了晃：「死了沒？沒死就給我站起來！」

「還有點暈……」周朔單手撐著地，緩緩讓自己側坐起身。

「剛剛閃過『老二』那一拳，你就應該順勢放倒他。」辰哥邊嚼著嘴巴邊說。

「我怕『老五』會偷襲。」周朔一臉陰鬱，又撫摩了下胸口。

「你就不怕『老二』偷襲？」辰哥嘲弄地彎了下嘴角：「他打得還挺勤。」

「他只打了一下……」周朔翻了個白眼抗議。

「才打一下就這樣，再多打幾下還得了。」辰哥說著將拳頭抵在周朔胸口上，慢慢施加壓力，那正是方才「老二」擊中的地方，辰哥邊抵按著邊望著周朔的臉色，似乎很享受周朔那努力壓抑疼痛的表情。

「行了。」周朔終於克制不住，撥開了辰哥的拳頭，並盯著辰哥嚼動的嘴巴不耐煩地問：「那是甚麼？最近老看你嚼。」

「還能是甚麼，就是口香糖。」辰哥把臉湊上前去，在周朔面前吹了個泡泡：「有些人壓力大就喝酒，不然就是抽菸吃檳榔，可是我必須活得比那幫畜生長，所以也只能嚼口香糖，要不要來一條？」

「不用了，謝謝。」周朔偏過頭。

「你的力量還不夠對付『老二』，還得多加練習。」辰哥說著又嚼了嚼，搖搖頭嘆了口氣：「挑這個時間不明智啊！」

「我本來就不打算今天打，今天就只是想多看看『老二』的拳路。」周朔見辰哥露出懷疑的神情，便又加重了語調：「是真的！我打算十四號才動手，他們每個月的十四號都會來找我。」

「十四號是爾幫交錢的日子，你又沒有錢，他們幹嘛總是十四號找你麻煩？」辰哥雖問著，卻不像真的想知道答案，反而撿起地上的墨綠側背包拍了拍：「而且你有沒有感覺到，他們對這個破書包似乎比對你還狠？」

「不知道。」周朔乾脆地回答，並刻意將視線從那只側背包上挪開，抬起頭望著辰哥問：「我就想知道，放倒『老二』之後呢？」

「或許他們就會服你，不再找你麻煩，之後你就能安安靜靜地過日子。」辰哥嘴又嚼了嚼，並撫著下巴的短鬍作出沉思狀：「又或者他們的老大會邀你當他的手下，去不去都沒差，全看你。」

「真有這麼簡單嗎？」周朔挑眉狐疑道：「萬一他們一群人衝上來扁我？」

「的確有那個機率，這時候就逃，我不是老教你怎麼逃嗎？」辰哥露出狡黠的笑容：「我教你的是以色列近身搏擊，知道以色列嗎？一個屁點大的國家，卻把鄰居全得罪光了，所以他們考慮的第一件事從來就不是打倒對方，而是活命，放倒敵人只是為了增加活命的機率。」

「早知道你的計畫那麼不牢靠，當初就不答應了。」周朔冷哼一聲。

「難道你還想過以前的日子？」辰哥認真地望著周朔問道。

「不想。」周朔想也沒想就回答。

「那就站起來吧！這麼長時間也早不暈了吧！」辰哥伸出手。

「這點小傷也沒甚麼……」周朔很快扯了下辰哥的手臂站起。

「嘴硬，不過十四號前別再受傷了，一個傷兵上戰場只會更沒勝算。」辰哥說著將墨綠的側背包扔往周朔的胸口，很快被後者接住：「說實話，這爛書包都破成這樣了，幹嘛還老背著它？」

「反正買新的也會被糟蹋，不如就用到不能用為止。」周朔拍了拍側背包，稍微打理了一下，接著就背到了肩上。

「那就暫時背著吧！事情過了再給你買新的。」辰哥說著對周朔歪了下頭，示意巷口的方向：「待會上天台，還得再幫你加強訓練，也該是時候教你奪刀了，今天下手這麼狠，難保他們下次不會帶刀或是帶電擊棒。」

「刀和電擊棒啊……」周朔說著嘆了口氣，接著很快跟了上去。

辰哥沒說錯，上次出手太重，他們這次就會帶傢伙。

眼前四人緩步向他逼近，狹窄的暗巷瞬間被擋去唯一的去路，只剩退無可退的巷底，不過周朔也不打算後退，畢竟今天就是為了戰鬥而來。

「老四」似乎因為上次撞斷鼻梁留下了陰影，今天戴了個全罩式安全帽，可是也因此顯得更加笨拙，那完備的防護反而製造了致命的死角，五個致命的要害也還大剌剌地坦露在外。

「老五」則是手持鋁製球棒，全世界最笨的冷兵器之一，要充分揮擊就必須先往後拉一段距離，不只留下對手攻擊的空檔，全身的弱點也會因而展露無遺，大概只有在對方倒地時才能發揮用途，否則就要做好被痛打的心理準備。

「老二」上次獲得了勝利，所以沒甚麼理由抄傢伙，就只是赤手空拳地擺好架式，像條蓄勢待發的鬥牛犬，讓人比較意外的是，「老三」這次也是徒手，上次的意外應該帶給他不小的心理衝擊，沒想到仍舊沒有半點武裝。

「老大」站在四人的後頭，依舊讓墨鏡遮去大半表情，一樣是那件立領皮夾克，雙手照常插在夾克口袋裡，儘管有如巨型不倒翁般的懾人體格，卻仍舊沒想動手的意思，而且事實上其他四人早已橫著堵死了巷子，也沒有讓他插手的餘裕。

該從哪裡下手呢？

四個人不可能一起上，因此他們也在等，等周朔決定往哪個方向攻去，其他人就會從側翼包夾，或繞到後頭襲擊，所以他的下一步至關重要。

他又看了一眼四人，決定把「老四」和「老五」兩個傻蛋留下來製造混亂。因此他先欺身向「老五」，「老五」便往後退了一步，舉高球棒醞釀揮擊，瞬時他側身一個箭步轉向「老三」，後者已經準備繞到背後偷襲，因此見到周朔轉身便一下傻住了，這下連膝蓋都不用踢，只順著轉身的衝勁甩拳直取下巴，「老三」便應聲倒地。

「老四」戴著全罩式安全帽，暫時還弄不清兩旁發生了甚麼事，而「老五」的球棒此時正要落下，周朔便反手將「老四」朝自己的方向一拉，同時膝擊對方的跨下，「老四」吃痛彎下腰，那顆大頭就不偏不倚落在「老五」球棒的落點處。

料理其他三人的同時，周朔也沒有疏忽一旁的「老二」，剛剛的打鬥雖然迅速，但解決三人也不是電光石火的事，已經足夠「老二」醞釀他的鐵拳了，只是因為周朔方才多次變換位置，「老二」的攻勢撲了個空，創造出了美妙的空檔……

周朔借勢閃身到「老二」身後，雙手從後方扣住對方的下頷，借力使力之下，幾乎是不費吹灰之力就將對方往後放倒，「老二」的後腦杓便在水泥地上敲出一計悶沉的響聲，為了避免對方轉醒，周朔又往對方的下巴左右各補上一拳。

結束戰鬥後，周朔蹦地跳起，很快觀察了現場環境：「老二」就躺在他腳邊，「老三」躺在近旁，而「老四」被球棒招呼的那一計大概不輕，此刻也俯臥在地，只剩「老五」拿著球棒不知所措地站在一旁，還有「老大」站在稍遠處。

雖然墨鏡遮去了「老大」的大半表情，但周朔注意到此刻他正緩緩向後移步，腿腳似乎還不太利索。

周朔稍稍猶豫了幾秒，期間看向了一旁的「老五」，對方似乎也正琢磨他的意向，只是奇怪的是，「老五」似乎沒要逃跑的意思，反而像要阻止他找上「老大」，因此認清情勢後，周朔沒等「老五」再度舉起球棒，便往他的跨下踢去並繳械。

周朔將到手的球棒往後隨手一扔，背後很快傳來幾聲彈跳的清脆響音，接著他頭也不回地朝「老大」走去，「老大」向後的移步更加明顯了，同時腳步的顛簸也放大許多，周朔疑惑地皺了皺眉頭。

然而他沒讓思緒遊走太久，一個箭步便出拳想往「老大」的下巴招呼過去，說時遲那時快，儘管對方的走步不穩，上身倒是閃得挺快，一下就躲過突發的攻擊，周朔的拳頭只削掉了臉上的墨鏡，「老大」的表情頓時如雲過天青般顯現出來。

「老大」雙眼的眼眶周圍堆擠著青紫交雜的大片瘀血。

周朔一下傻愣住了，原本凌厲流暢的攻勢也頓時停滯下來，他就這樣望著那張臉，好半天都說不上一個字，而對方也一時手足無措，好一會兒才想起去撿拾地上的墨鏡戴上，可是這之後就不知道要再做些甚麼了。
突然，周朔的雙腳被甚麼東西盤住，才讓他驚醒過來，正當他想轉頭弄明白時，後腦杓忽然吃重，眼前霎時一黑，便倒了下來。
當他再次轉醒時，又是辰哥那副看好戲的嘴臉。
他此刻仰躺著，辰哥便由上往下俯視著他，像一座巨大的高塔，過了好一會兒，辰哥才彷彿想起自己該說點話：「還行嗎？沒死就站起來看看。」
「有個問題老早就想問你了，你們警察都不用上班的嗎？」周朔摀著臉問。
「我就是個分局的偵查佐，愛偵查哪就偵查哪，愛上哪去就上哪去，我家老大都不管了，你管得著嗎？」辰哥劈哩啪啦說完一串，才蹲了下來：「倒是你，怎麼都不上學？要不是不上學還會挨這頓揍嗎？」
「上學不能當飯吃，多賺錢才能活下去。」周朔將手從臉上拿開，望向辰哥：「剛剛到底發生甚麼事？」
「『老三』抱住了你的腿，『老四』就撿起球棒砸了下去。」辰哥很快回答。
「我還有個問題，這兩次都看得那麼清楚，你到底人在哪裡？不可能會是巷子口，要不然他們早散了，可是你又還能待在甚麼地方？」周朔露出狐疑的眼神。
「在天台上頭，那裡看得老清楚了。」辰哥往上指了指。
「要是我快被打死了，你下來不就只能等收屍？」周朔望向辰哥指的方向。

「假如你要死了，我就從上頭跳下來救你。」辰哥嘴角微彎冷笑。

「垃圾話……」周朔撇嘴低聲罵道。

「你學會了打架，可是還看不懂人心啊！」辰哥搖搖頭站起身。

「甚麼意思？」周朔收起抗拒的神情，疑惑地皺了皺眉。

「我之所以要你挑戰老二，是因為就算老二沒了，只要老大還管事，底下的人就不會躁動，甚至如果老大也服你，你之後就沒事。」辰哥望著巷底說著：「可是如果你滅了他們老大，那是他們唯一個依靠，他們就會奮不顧身。」

「那我之後怎麼辦？」周朔困難地坐起身，伸出手。

「不用怎麼辦，」辰哥望著周朔伸出的手，好一會兒才想到要伸手將周朔拉起，見周朔大略站穩妥後才接著說：「你這次下手夠狠，我想他們不會再來招你了。」

第二章　最難解的是人心

「也快八點了，剩下的我來弄，你趕快滾吧！」說話的是一名年約三十多歲的彪形大漢，此時他一把搶過周朔手上的鍋鏟，對著周朔吼道。

「沒關係，我把這弄完再走。」周朔拿起抹布便開始清理檯面。

「忙甚麼呢?!我待會還得服務那些晚起的大學生，到時還不是得再擦一遍！」男人又搶過周朔手上的抹布，遠遠扔進水槽中：「別找藉口不上學啊！教官都來關切幾百次了，人家都要告我奴役童工了。」

「沒問題，我的包就在裡面，學校就在附近而已。」周朔慢悠悠地晃著，在櫃台裡到處找事做。

「我警告你啊！你再不下崗我要扣薪水囉！」男人使出殺手鐧。

「行，我走就是，這種要求我這輩子可沒聽過。」周朔到水槽邊洗了下手，甩乾後繞出櫃台，往店裡的倉庫走去。

「還頂嘴啊！」男人朝周朔的背影低聲又罵一句。

「我走了。」周朔拎著墨綠色的側背包走出倉庫，對男人喊了一聲。

「乖乖去上學啊！別讓我在路上撞見你，見一次打一次懂嗎？」男人瞪著眼用力指了指周朔，然後對那只墨綠色的側背包皺起眉頭：「那包已經破到能當漁網了，你怎麼老不換包？」

「漁網也不是不能裝書，下次我拿包幫你捕魚去。」周朔擺擺手。

「這小子嘴還挺硬啊！難怪老有人欺負你。」男人嘖了一聲。

「我真要走了，老闆。」周朔說著踏出店門口。

「別讓我在外頭碰見你，聽見了嗎？」男人又朝周朔的背影喊。

「你先管好你自己吧！」周朔頭也不回地應聲答道。

「真讓人不省心……」男人搖搖頭嘆口氣，開始收拾櫃台內的東西。

周朔雖然朝著學校的方向走去，但那個方向也通往龍華市場，他踏出早餐店前就打定主意要去那邊賺幾個錢。

因為教官查得嚴，所以他沒法找固定的活，畢竟三天兩頭就被抓回學校去，沒有一個店家會想聘請這樣不穩定的人力，因此他現在穩定的工作就只有早餐店，以及晚上幾個零星的打工。

但龍華市場占地大，晃來晃去總會找到事情做，總有幾家店面的老闆忽然有事要離崗一會兒，想找人看一下店，而市場裡的人大多認得他，知道他不會幹不乾淨的勾當，也知道他跑不了，因此就會放心把店交給他。

一天下來收入不算豐厚，可是也不算少了，後來甚至做出口碑，店家想找人看店時，反而會主動問他能不能幫忙。

或許也是因為這樣，才會被那幫人盯上。那些人知道他身上有幾個錢，他又是孤兒，被打也找不到誰告狀，打了不僅有錢賺，而且還挺能解氣，順道還練練拳腳。只不過真被辰哥說中了，從那天之後，他們就沒再找上他。

周朔邊想邊走著，不知不覺就經過了龍華市場附近的那條暗巷，忽然有些感慨，因此腳步稍微放緩了一點，可是就要走遠時，他隱約聽見了裡頭的聲響。

是那熟悉的悶沉響聲。

周朔往後退了幾步，在巷口邊緣側著身子望進陰暗的巷裡，一開始因為瞳孔來不及適應而看不清，接著漸漸看清楚了，卻有種不真實的感覺，因為裡頭的景象正是一名男孩在打著另一名男孩，這樣的情景異常熟悉。

一不小心就看入迷了，周朔好一會兒才回過神來。

那不是回憶的閃現，而是真實發生在眼前的事情，定睛一看，眼前的景況也和過往有著幾處相異，首先是一名男孩打著另一名，儘管被打的那一名已經倒地不起，不過總不是一群人圍著一個人打。

再來就是下手的人，不是老大、老二、老三、老四或老五，而是一名剃了小平頭的生面孔，身材較以前那幫人中的每一個都還要壯碩，身上卻不搭調地背著墨綠色側背包，更細看的話，可以見到那幾無遮蔽的左額上有一塊肉色的疤。

至於躺著的那個人，因為一直蜷著身體，除了背部以外甚麼都看不清。

該上前幫忙嗎？周朔在巷口遲疑著，裡頭的人顯然沒注意到外頭站著人，因為即使巷口常有人來來往往走著，也少有人會望進巷內，就算匆匆一瞥也只見到一片黑，因此巷裡的人也多不在意巷外的景況，巷里巷外像隔成了兩個世界。

沒猶豫太久，周朔就將側背包在巷口放好，挺身往巷裡走去。

他觀察了一下巷裡的擺置，很快找到一只空酒瓶，還有一根還算稱手的木棍，他撿起那兩樣東西，不疾不徐地往眼前的兩人走去，儘管周朔已經進到巷子裡，可是那打人的男孩似乎還沒注意到他。

周朔算準距離和時機，將酒瓶往男孩的頭部用力扔去，在酒瓶碎裂之前，他又把手上的木棍當作標槍擲向男孩的胸口，接著全力向前跑去。

先到的是酒瓶，瓶身正巧就在那塊疤上應聲碎裂，那男孩吃痛稍稍低了身子，又被那晚些到的木棍撞上了頸子，男孩便一手護著額頭、一手護著脖頸，並想抬頭把情況看明，但最後到的周朔一拳一腳瞄了下巴和胯下，男孩便應聲倒地。

周朔確認男孩暫時不會醒後，很快掃視了巷裡一圈，確定巷裡沒藏人後，趕緊架起先前那個蜷在地上被打的男孩，拖著往巷外快步退去，到巷子口時，他稍稍放下男孩，撿起了側背包背上，就又趕緊拖著男孩遠離暗巷。

轉了兩個路口，確認後頭沒有追兵，周朔才吃力地將男孩放倒在路邊。

他翻看了下男孩的身軀，簡單評估了傷勢，衣服只沾染了髒汙，看來沒有大片出血，不過瘀青就不一定了，在大街上不好褪去衣服查看，因此他先抬起男孩的頭，想看看臉上的傷嚴不嚴重……

周朔一見到男孩的臉，便嚇得退了開來。

這時，耳邊同時傳來一聲叫喊：「臭小子，想幹嘛！還不快給我滾開！」

這話彷彿是從千里之外傳來，周朔隔了好久才反應過來，他茫然地轉過頭，表情又更加迷惑了，那個衝著他叫喊的人正是「老二」，對方正氣急敗壞地上前將他推開，瞪了他一眼，便蹲下去架起地上的男孩，轉身就要離開。

在他們離開前，周朔再次確認了男孩的臉，那正是幾天前才見過的「老大」。

在一間臭豆腐店內，「老大」、「老二」、周朔三人圍坐著一張簡易四人桌，桌上擺著三盤炸臭豆腐、一爐臭臭鍋、一大罐烏龍和三只塑膠杯，「老大」沒戴墨鏡，眼旁那慘不忍睹的瘀傷便一覽無遺，範圍和程度都比幾天前加重許多。

「我覺得你戴墨鏡好看些。」周朔低頭壓著嗓子說著，並努力忍住笑。

「墨鏡掉在那巷子裡了，我幾天後再去撿。」「老大」看起來有些狼狽。

「就怪你，為什麼沒有順便撿起來！」「老二」對著周朔罵道。

「怎麼說話的呢?!人家是要救我。」「老大」轉頭瞪了「老二」一眼。

「找我來又是想幹嘛？」周朔沒好氣地問。

「我替小弟為上次的事情賠不是，也向你表達謝意。」「老大」端起斟滿烏龍的塑膠杯，向周朔低頭致意，畫面隆重得有些滑稽，而坐在一旁的「老二」則雙手抱著胸，不怎麼服氣地瞪著周朔。

「無所謂，我一開始也不知道那是你。」周朔也舉起塑膠杯輕啜一口。

「甚麼意思?!知道的話就不幫了嗎？」「老二」忿忿地屈身向前，就像一條蓄勢待發的鬥牛犬，那張方臉也頓時擠上幾道不友善的皺紋。

「別曲解人家的意思，你也趕快跟人家賠不是。」「老大」趕忙拉住他，在「老大」的眼神威逼下，「老二」不得已也拿起塑膠杯隨意喝一口，然而又不服氣地重重放下杯子，飲料便濺出了幾滴。

「如果沒事的話，那我要走了。」周朔說著便起身。

「等等，再多聊會兒，桌上的菜都沒吃呢！」「老大」拉著周朔讓他坐下，畢竟是個大塊頭，那力道著實不清，周朔差點連人帶椅子翻過去，「老大」和氣地接著說道：「還沒正式自我介紹，我叫許國強，認我這個朋友就叫阿強吧！」

「強哥，讓他這麼叫怎麼行！」「老二」聽了出聲抱怨。

「你閉嘴行不行！」許國強轉身罵道，回頭望向周朔又立刻堆滿笑臉，像個不倒翁一樣左右晃：「這是我們家的小弟楊雙全，小弟不懂事，外頭都要人家叫他『鐵拳哥』，你別跟他一般見識，隨便叫他『阿全』或『小楊』就行了。」

「不行，至少得叫聲『全哥』！」楊雙全聽了又出聲抗議。

「大哥的話現在不用聽了是不是！人家都叫我『阿強』了，難道你比我大嗎？」許國強說著輕拍了下楊雙全的後腦勺，像不倒翁在教訓他的狗，轉過頭又笑臉盈盈地望著周朔：「一直都不知道你的名字，這次算不打不相識，敢問貴姓大名？」

「其實已經打好幾次了……」周朔喃喃自語，但是又嫌麻煩，只好隨口應道：「我叫周朔，你看著年紀比我大，千萬別叫我『朔哥』，怪肉麻的，其他隨你。」

「我大哥說要喊你『哥』了嗎？別往臉上貼金了！」楊雙全又罵。

「不是叫你閉嘴了嗎?!」許國強又轉身吼，接著又如川劇變臉般笑著回過頭：「那好，我就叫你『阿朔』吧！」

「隨意，走了。」周朔說完便要起身。

「沒聊夠呢！」許國強又強拉著他坐下，這次還是猝不及防，周朔又差點飛了出去：「至少也嚐嚐這幾盤臭豆腐吧！」

「我不想入幫！」周朔一下被惹惱了，稍稍提高了音量，並賭氣般重重坐回椅子上：「我知道這次打了那個小平頭，他改天肯定找你算帳，這點我跟你賠不是，可是如果要我一輩子當你的保鑣，我擔當不起，也沒那個心情。」

「小……小平頭……」許國強忽然神色緊張，說話時嘴裡直打顫。

「就那個扁你的人，我不知道他的名字，只知道他理了個平頭，額頭上還有道疤，管他叫甚麼，愛怎樣就怎樣！」周朔不耐煩地說。

「他……他的確有道疤，我們都叫他『疤……疤臉』……」許國強抖著說。

「爸爸臉？」周朔挑了下眉。

「叫『疤臉』，還有心情開玩笑啊！」楊雙全忽然又喊。

「對，就叫『疤臉』。」許國強這時也沒心情管教小弟了。

「他很可怕嗎？」周朔一下被提起了興趣。

「用『可怕』還難以形容，應該說……太可怕了。」許國強壓低聲音說。

「剛剛本來還想說如果你怕的話，就叫他衝著我來，現在想想還是算了。」周朔搖搖頭，撕了一雙免洗筷，夾起盤中的一塊豆腐。

「怎麼說話的呢?!自己惹的事不敢當啊！」楊雙全拍了下桌子又罵。

「人家阿朔是要救我，還有我喊幾次閉嘴了！」許國強攔著楊雙全回罵道，轉過頭又討好地望著正在吃臭豆腐的周朔：「好吃嗎？」

「這臭豆腐臭得恰到好處，不錯！」周朔滿足地咂著嘴直點頭。

「喜歡就好，我再多叫幾盤……」許國強轉身就要喊老闆。

「等等，我得先知道要幹嘛。」周朔連忙警戒地拉住許國強。

「不就點單嗎？」許國強先是迷惑，接著微微一笑：「別緊張，當然我買單。」

「不是，吃人嘴軟，你這請客肯定是有理由的吧！」周朔打量著許國強，也分不清對方是真傻還是裝傻。

「不就謝謝你救了我嗎？」許國強看來還是沒弄明白。

「真的……不是要我去對付『疤臉』？」反而周朔被搞迷糊了。

「這怎麼可能，這可萬萬不得啊！」許國強轉身坐穩，又拉了拉椅子往周朔靠去：「我把你當兄弟，你得聽我一句勸，我知道你現在任督六脈被打通了，武功了得，但你可千萬別招那『疤臉』啊！我說，你那火爆的性子得改改。」

「我得改改？」周朔不可置信地指著自己。

「沒錯，別見人就打，這脾氣對你沒好處。」許國強點點頭，認真地說。

「我改……」周朔還是覺得自己聽錯了，掏了掏耳朵，可是也只能先轉向另一個更要緊的問題：「那你呢？『疤臉』不會放過你吧！」

「我沒事，我被打習慣了！」許國強拍拍挺起的胸膛。

「不是，這……」周朔指了指許國強，又望向一旁的楊雙全，後者看是打定主意不說話了，周朔只好又轉回頭看向許國強，想了好一會兒，才終於琢磨出一個問題：「那他幹嘛老打你？」

「你知道，」許國強又將椅子拉得更近，聲音壓得更低：「我是福東會坤堂底下的學生幫派小組長，一個堂口的小組長有好幾個，『疤臉』也是其中一個，堂口都會先把各小組的地盤畫好，我們就按區域去幫忙收保護費……」

「然後你踩了人家的地了？」周朔按直覺猜。

「不是我踩人，是他先踩的！」許國強忍不住高聲反駁，但又隨即四處望望，縮起身子繼續說：「總之他就是四處踩人家地，大家都怕他，上面的人認為他有本事，也就慣著，可是要往上面交的錢又不能少，因此搞得我們每月十四號都很難過。」

「所以你們就打我出氣！」周朔一下明白了，便憤恨地要站起身來。

「這我跟你賠不是，你先仔細聽。」許國強將他拉住，像沒察覺到周朔的情緒似的，又要繼續他的故事：「總之……」

「怎麼能這樣呢?!」周朔氣惱地打斷他的話。

「我不請你吃臭豆腐了嗎？」許國強嘖了一聲，一副理直氣壯的樣子。

「你還有理了?!能這樣就算了嗎？」周朔朝著他吼。

「這臭豆腐是極品啊！要不以後你的單都算我頭上。」許國強指著桌子喊。

「你說的，我會讓你破產……」周朔說著便悻悻然地坐下。

「先別管臭豆腐的事了，讓我把故事說完。」許國強在周朔又要抗議前接著說下去：「總之雖然都怕他，可是沒錢上交就是過不去，因此我們總會偷偷摸摸溜去他佔的地頭，但這事瞞不住他，每次揪到了就得挨一頓打。」

「你就不能調高自己地盤的保護費嗎？」周朔問道。

「這我也不是沒想過，但那幫店家根本不怕我們，我們不過是學生，他們會交錢是怕堂口的大人，保護費的數目是上面訂下的規矩，那幫店家拒絕就算了，還威脅我們要告到堂口去。」許國強無奈地聳聳肩。

「那你們怎麼不自己打工呢？」周朔又問。

「打工是打了，但數目不夠，這附近的學生也知道我們好欺負，想入幫的都找『疤臉』去了，我們就五個人，沒日沒夜地打工也吃不消。」許國強嘆口氣：「所以只好把腦筋動回那些丟掉的地盤上，可是每次都要挨打。」

「不對，你們不打工就算了，來打我幹嘛？」周朔想著忽然又來氣：「我又沒錢，每次打完也沒見你們從我身上摸走幾個錢。」

「打你不是為了錢，打你是解氣。」許國強理所當然地回答。

「解氣?!」周朔不可置信地挑起一邊的眉毛，一時氣上心頭，起身就要朝許國強撲去：「不把力氣省下來賺錢，就只為了解氣?!」

「我看著呢！別因為我啞巴就當我不在了！」楊雙全這時又開口喊。

「阿朔生氣是有道理的，好不容易閉嘴了就安靜！」許國強轉頭對楊雙全罵道，回過頭又低聲下氣地向周朔賠不是：「我也知道這樣做不對，可是沒辦法，你總讓我想到他。」

「想到誰？」周朔以為自己聽錯了。

「疤臉。」許國強毫不遲疑地回答。

「我看著像他嗎？」周朔摸摸自己的額頭，又摸摸頭髮。

「不像他媽，像他。」許國強認真回道。

「哪裡像了？」周朔也沒心情罵人了，趕著問。

「你和他都一臉猜不透的表情，又都老背著那個破書包。」許國強努努嘴，眼神示意了周朔身邊放著的那只墨綠色的側背包：「再說了，你打工的那家早餐店，就是他從我們這邊搶去的地頭之一……」

「破書包……」周朔沒心思繼續聽下去，他想起在暗巷見到「疤臉」時的情景，除了頭上那塊肉色的疤外，的確還見他背著一只不搭調的墨綠側背包，周朔轉頭望向身旁的那只側背包，好一陣子就這樣望著出神。

第三章　學生幫派新共主

早餐店裡的電話一早就響個不停，幾個外送小弟都出去了，店裡就只剩周朔和老闆，老闆看著清晨絡繹不絕的客人，看著因人手不足而顯得空蕩的櫃檯內，接著看向了時鐘，又看向掛在時鐘旁的日曆。

今天正好是十四號。

這時電話又響了，周朔忙著煎蛋餅，老闆便接起了電話，然而越聽眉頭卻皺得越深，最後應了聲「好」，便掛上了電話。

「老闆，甚麼單？」周朔邊忙著手邊的工作邊隨口問著。

「小蔡那台車剎車失靈，不只人摔倒，外送的東西也撒了一地，好像是不能吃了，小蔡也被人送到醫院裡。」老闆鬱悶地應道。

「他送甚麼單？我再做一份就好。」周朔異常熱絡地問著。

「做了有甚麼用?!難道你騎車去送？」老闆沒好氣地反問。

「不是你送嗎？我又沒駕照。」周朔無辜地應一句。

「我……我現在還走不開……」老闆說著又看了眼時鐘。

「老闆，不是我說你，你從剛剛到現在就沒幹嘛，除了接幾個電話，你還有甚麼事走不開的？」周朔邊忙邊說。

「跟你說不明白的……」老闆別過臉去。

「那小蔡的單就真不送了嗎？」周朔關心道。

「欸我說你今天怎麼那麼多事，黃鼠狼給雞拜年啊?!」老闆惱羞成怒，在周朔背後罵著：「你是不是想趁我離店，在店裡偷雞摸狗啊！還是直接把店給端了？」

「好心被雷劈啊……」周朔只不冷不熱地應了一句。

「我等另外兩個小毛頭回來。」老闆沒再罵，也打定了主意。

「可是他們倆送的地方有點遠，半小時回不來吧！」周朔又隨口說。

「早知道有這種事就不讓他們接了……」老闆聽了又低聲罵。

「老闆你自己說那是大單的啊！」周朔可沒聽漏。

「現在是我講一句，你就得應一句就是了?!」老闆提高音量罵道，轉頭對嚇著的客人點頭致歉後，扠著手來回踱起方步，嘴裡不時喃喃自語，還不時看向周朔，不過每次看了又都立刻撇過臉搖搖頭：「這小子肯定搞砸的……」

又過了幾分鐘，老闆看似也想不到其他辦法了，便從櫃檯裡摸出一只信封袋，從收銀台數了一疊千元大鈔塞進信封，拿起筆在上頭寫了幾個字後，拍了拍周朔的肩膀，將鼓脹的信封遞給他。

「白包啊？」周朔看著亮白的信封袋問道。

「你別亂說話行不行?!」老闆拍了周朔的頭，又看了下顧客的臉色，湊近周朔耳邊小聲說：「你應該也注意到了，每月十四號我都會拿錢給一個小子……」

「我知道，你都鬼鬼祟祟的。」周朔很快接口。

「你先聽我說行不行?!」老闆又罵，接著壓低聲音繼續說：「待會那小子如果又來的話，就把信封交給他。」

「你每次都鬼鬼祟祟的，我都沒看清那小子長怎樣。」周朔抱怨道。

「總之會來櫃檯要錢的就一個人，年紀和你差不多，是個男的，只要你不給個阿姨就不大會錯，重點是這錢不能少，別偷雞就好。」老闆不耐煩地說。

「我知道，要偷就偷收銀檯的。」周朔點頭應道。

「你這小子嘴巴不饒人啊！」老闆嘖一聲，拿信封袋甩了周朔後腦杓一下，將信封放到收銀檯旁：「我信封就放這裡，千萬別忘記了。」

「那小蔡的單呢？」周朔問道。

「就幾個三明治和豆漿，我自己拿就好。」老闆說著便拿個大塑膠袋，從冰箱和檯面上抓了幾樣東西，拿了車鑰匙便往店外走去：「我走了。」

「是，老闆路上小心。」周朔應聲。

「為什麼這話從你嘴裡出來就這麼不乾淨……」老闆又低聲罵一句，就頭也不回地走了。

聽見摩托車的引擎聲漸遠後，周朔緩緩吐了口氣，轉頭看了眼收銀檯旁的信封，又暗暗搖了搖頭，這時一個客人從店內用餐區走出來，站到了櫃檯前，高大的身形讓周朔頓時龍罩在陰影裡，來者由上往下俯視著周朔問道：「走了嗎？」

「應該走遠了，等等我。」周朔說著，到收銀檯邊拿起信封，從裡頭抽出兩張千元大鈔：「這兩千是給小蔡的，剩下的錢扣掉今天早上那兩大單外送，你跟你的兄弟平分吧！」

「你不用嗎？」剛出聲的客人就是許國強，他此時望著周朔問道。

「看情況吧！你留點醫藥費給我。」周朔說著便又拿起鏟子。

「小心啊……」許國強仍舊擔憂地望著周朔，拿著信封袋的手還懸在半空。

「先管好你自己吧！別讓他們撞見了。」周朔邊煎著蛋餅邊應聲。

「啊！」許國強趕忙將信封收好，但還是猶豫了一下，才揮揮手：「我走了。」

「路上小心，不送了。」周朔頭也沒抬便說。

隨著太陽漸起，早餐店的人潮也慢慢散去，周朔看了眼時鐘，分針走了五大格，那兩個送大單的小弟要再過五分鐘才可能回來，老闆替小蔡送的單雖然近，不過因為混了好幾張單，大概幾分鐘內也回不來。

現在用餐區剩兩三個客人，沒再有新客人進入，因此周朔拿起抹布簡單收拾起檯面，不時望向店外，偶爾陷入沉思。

「收保護費！」就在周朔再度低頭清理檯面時，一個聲音喊道。

「不是收過了嗎？」周朔故作迷糊地抬起頭。

「收過了？這店就我一個人收啊！」對方年紀的確看來和周朔差不多，只不過打扮刻意裝熟，然而還是難掩眼底的稚嫩，此刻一下被弄懵了，眼神就顯得更加生澀，他望了望店內大聲問道：「你們老闆呢？」

「送外賣去了。」周朔俐落地回答。

「不是……」對方一下也不知道該怎麼辦：「那你交給誰啊！」

「我不知道，有人跟我要錢就給他了。」周朔含混地說。

「有你這種人嗎？人家跟你要就給了！」對方聽著便生氣了。

「甚麼話？我現在不就不給了嗎？」周朔兜著圈子說。

「你不給還有理了！你給錯人了知道嗎？」對方一下面紅耳赤。

「我怎麼知道給錯，說不定你才是錯的！」周朔也跟著喊。

「你知道我誰嗎？我是『疤臉』的人，這塊店是『疤臉』的！」對方顧不得用餐區還有幾個人，指著店內就大聲吼。

「我只知道這家店是我老闆的，他說不許任何人把店端了！」周朔回罵道。

「你是裝傻還是真傻？知道『疤臉』是誰嗎？」對方指著周朔的鼻子又罵。

「我不知道『疤臉』是誰，我這輩子最討厭的就是有人指著我，第二討厭的就是臉上帶疤的，帶疤又怎樣，我幾天前才打了一個額頭帶疤的小平頭！」周朔雖然表情沒退縮，卻暗暗在櫃檯下捏了自己的褲管。

「帶……帶疤的小平……小平頭？」對方說著忽然顫了起來。

「怎樣？不會正巧是你老大吧？」周朔進一步挑釁道。

「在哪打的？」對方忽然壓低了聲音，沒了剛來時的神氣。

「我不記得了，只知道在龍華市場附近的巷子裡。」周朔刻意說得含混不清。

「原來是你……」對方指著周朔，不知道是出於憤慨，還是暫時怕了周朔，總之他慢慢退到店外，然而手還是指著：「臭小子，你別跑啊！是男人就待著，我先回頭叫人，等會兒你別縮了啊！」

周朔瞪著他離開早餐店，直到望不見對方的身影，才緩緩舒了口氣，接著他轉頭又看了眼時鐘，時針又往前走了一大格，他搖搖頭嘆了口氣，望著大街，期望那個混混叫人能快點，最好直接放支穿雲箭。

「就是他！」過了幾分鐘，收租的那個人終於回來了，遠遠就能聽見他喊，後頭跟了近十個人，其中一個人聽見了便快步往前走，到了隊伍最前面，周朔認出那個人就是「疤臉」，身上斜背墨綠色側背包，手上還拿了把三尺長的西瓜刀。

「這是你說的『疤臉』啊！」周朔盯著那把亮晃晃的刀，故作輕鬆地招呼道。

「疤臉」一句話也沒說，提著刀就逕自往前走，一大步一大步地往早餐店櫃台靠近，周朔估量著距離，他的優勢是眼前這個L型櫃台，「疤臉」要不翻過來，不然就是繞到店裡邊的櫃台出入口進來，否則那把長刀也只能勉強搆著周朔。

在「疤臉」踏進店內的短短幾秒內，周朔腦中演練著幾個可能：

其一，是他就站到櫃台裡邊，「疤臉」搆不著，只能翻身進去。然後呢？雖然辰哥教過他奪刀，但奪的都是短刀，奪長刀只會弄得滿手血，最後他只能往後退到櫃台的出入口，這時「疤臉」那幫小弟已經在那邊等著了，等於腹背受敵。

其二，同樣站到櫃台裡邊，並扔東西讓他別翻過來，「疤臉」只好繞進店內的櫃台出入口進來，這時周朔再從櫃台翻出去……可是櫃台周圍彼時應該也已經圍著「疤臉」的那幫小弟，同樣腹背受敵。

周朔還想要排演第三種可能，但「疤臉」已經站到櫃台前了，他只能背水一戰，反其道而行地往前一站，「疤臉」的刀趁勢砍了過來，周朔右手很快抓起辣椒醬噴了對方一臉，左手並拿鏟子格開刀刃，右手瞬時放開醬料罐握住刀背，順勢往櫃台內一拉，左手反手倒持鏟子，將握柄伸向前，「疤臉」因那一拉重心不穩，喉頭便硬生生撞上了握柄，手上的刀子瞬時因為吃痛而鬆落。

最後，彷彿是特意計算好的，遠處響起了警車的鳴笛聲。

周朔坐在一間數坪大的小房間中，房內有張簡易的折疊桌，桌上放了一座有些年歲的舊檯燈，接到牆上的插頭，桌邊還有兩張帶著鏽斑的金屬摺疊椅，周朔就坐著其中一張，房內沒有開燈，因為牆上留了扇窗通作採光。

就在周朔琢磨著窗外的景象時，房間的門被打開了，辰哥走了進來，手上拿著三明治和豆漿，放到了周朔面前的桌上：「早上到現在應該都還沒吃吧！」

「這不是我家老闆的早餐嗎？你順手牽羊了吧！」周朔望著早餐說道。

「我留了錢在櫃台裡了，愛吃不吃隨你。」辰哥理直氣壯地擺擺手。

「謝謝。」周朔沒再多說話，拿起三明治便撕開封套。

「謝甚麼啊？」辰哥走到對面的椅子坐下，不懷好意地望著他笑。

「謝你的早餐，也謝你幫了我。」周朔啃著三明治含混地說。

「有個警察朋友不錯吧！」辰哥對他挑了挑眉。

「第一次看你穿制服，還算體面。」周朔混著豆漿將嘴裡的三明治吞下去，打量著辰哥的制服，視線停在胸前口袋上方的那塊四星胸章：「四顆星哪！沒想到你混得還不錯，再多一顆就是五星上將了。」

「我也想在你面前吹牛，但是看星星不準，得看槓數，我是分局最小的，外頭那些一顆兩顆星的都能使喚我。」辰哥將椅子調轉方向，像騎馬一樣跨坐著，兩手放到椅背上：「托你的福，這次讓我威風了一把。」

「你不是怕那些『爾幫』嗎？這次怎麼敢下手？」周朔邊吃邊問。

「你不懂，道上有道上的規矩。」辰哥情不自禁地彎了嘴角：「『疤臉』作風太強勢，『爾幫』上面的人認為他遲早會出事，老早就想辦他，但是學生幫派好不容易有個積極的，如果直接拔了怕影響士氣，『爾幫』反而要感謝我們呢！」

「沒想到你城府很深啊……」周朔說著又啃了一口三明治。

「要對付那幫老狐狸，思慮不能不周密。」辰哥用食指敲了敲自己的腦袋，接著又指了指周朔說：「你也蠻大膽的，那時來找我，把我嚇了一跳。」

「你是驚訝我對付『疤臉』，還是驚訝我找你？」周朔忽然臉色一沉。

「甚麼意思？」辰哥的笑臉也一下僵住。

「對『疤臉』那麼了解，你不會不知道他老背著和我一樣的包吧！」周朔仔細打量著辰哥的表情，不是在威嚇，只是不想放過任何一點閃躲的眼神。

「你說對了。」辰哥嘆了口氣：「第一次看你被打的時候就注意到了。」

「你說來找我的那天就想到了這些？」周朔聽了還是覺得不可置信。

「不是找你的那天，是第一次見到你被打的那天，找你已經是一個半月之後的事了。」辰哥順口說著，一點也沒注意到周朔訝異的眼神：「我哪能在這麼短的時間內就想到這樣絕妙的計畫，當然是……」

「你那一個半月就這樣看著我被打?!」周朔將三明治重重往桌面上一放。

「我得觀察，我得看看你是不是天生骨骼驚奇。」辰哥理所當然地回答。

「你還有沒有一點人性……你是個警察！」周朔瞇著眼對他直搖頭。

「警察有用還需要道歉嗎？他們可是『爾幫』哪！」辰哥依然理直氣壯。

「你第一天就說過了……」周朔又搖了搖頭，但還是抱著一絲希望繼續問道：「所以如果你看我實力不夠扳倒他們，最後就會一走了之嗎？」

「我不會那麼沒人性，我會幫你報警。」辰哥拍了拍他的肩。

「你別碰我，我想靜靜。」周朔不高興地拍掉他的手。

「小朋友，鬧脾氣啦！」辰哥又笑了笑，接著把椅子拉近到周朔身旁，椅腳在磨石子地板上發出粗嘎的聲響：「其實我這次來，也不是陪你聊天的，是想跟你商量一件事情。」

「你還需要跟我商量啊！我有這個榮幸啊?!」周朔酸溜溜地應道。

「能跟我這個四星刑警平起平坐，你就是有這個榮幸。」辰哥堆著笑臉說。

「你是裝傻還是真的傻了啊……」周朔搖搖頭，嘆了口氣。

「我要你接『疤臉』的位子。」辰哥冷不防地說道。

「甚麼?!」周朔以為自己聽錯了。

「我要你接『疤臉』的位子。」辰哥只是重複了一次，臉上忽然沒了表情。

「我聽見了，只是沒聽明白……」周朔說著就要開始罵。

「那就先聽我說。」辰哥抬手制止他繼續說下去：「現在『疤臉』進去了，出現權力真空，坤堂幾個學生幫派的組長都被『疤臉』欺負過，管不動『疤臉』的手下，你當著所有人的面打過『疤臉』，是接替『疤臉』的最好人選。」

「但是我不想入幫！」周朔想都沒想便喊。

「小聲點，你不想入都不行……」辰哥壓低聲音，身子又湊得更近了：「儘管『疤臉』幾個月前滿十八了，我們也會儘量找幾個理由讓他能坐久點，但最多不過五六年，之後出去依舊是一尾活龍，你覺得這五六年他最惦記的會是誰？」

「那你派人把他看著吧！」周朔不想正面回答那個問題。

「你當警察是甚麼？人民保姆嗎？」辰哥說起這話來臉不紅氣不喘，接著才又補充：「就算是保姆也不是你的保姆。」

周朔一下被弄懵了，好一會兒就是瞪著辰哥發愣，過會兒才指著辰哥的鼻頭連珠炮似地罵道：「你都算好了吧！打從你見到我那天就算好了，我知道你老早就注意到那個包，你自己也承認了。你說黑白兩道想處理『疤臉』很久了，黑道是怕打擊士氣，可是白道一直不缺理由辦他，你們之所以放著，就是想找一個能取代他的老大！」

「不是我算好的，是你自己陷進去的。」辰哥搖搖頭，表情比任何時候都還要冷然：「你仔細想想，這一路走來你不是沒有退出的機會，而且別忘了，是你主動來找我幫你收『疤臉』的，打從那一刻起，你就應該想好這些事情。」

周朔閉起眼睛，似乎想就此逃避，接著他揚起頭，深深嘆了一口氣，好一會兒才又睜開眼：「就算我答應好了，他們怎麼可能聽我的？」

辰哥看周朔轉念，又把身子湊得更近些：「那群小屁孩就是牆頭草，當初加入不就是看上『疤臉』額頭上那塊疤？現在出現一個打了『疤臉』的英雄，他們不拜你拜誰？更何況那幾個忠心的幹部都跟著進去了，不怕有人挑戰你。」

「可是我只會打人，不會管人啊！」周朔抗議道。

「打人就是是我教你的，還怕我靠不住嗎？」辰哥見周朔態度漸漸轉向，露出了放鬆的微笑：「這樣好了，就當送佛送上天，我也教教你怎麼管人吧！」

同樣是在先前的那家臭豆腐店裡，只是這次換成了大圓桌，六個年紀相去不遠的男孩圍坐著一圈，周朔只認得旁邊的許國強，其他四個都是生面孔，周朔撫摸了那只完好的墨綠色側背包，想起辰哥那天在小房間裡對他說的最後一句話：

總之我話就說到這裡，我透過一點關係弄來了「疤臉」的包，如果你打算做下去，這是你的獎賞，也是你的武器，但是如果你不願意做的話，這只會帶來麻煩而已……我一樣會替你買一個包，畢竟是我答應你的。

當然，最後周朔拿了那只包，所以才會出現在這裡。

周朔掃視圓桌一周，每人眼前都擺著一盤豆腐和一杯烏龍：許國強坐在他左手邊，再往左望去，是一個和許國強一樣不太敢惹事的男孩，不過沒像許國強那樣向著周朔，只是一臉好奇後續的發展，周朔在內心將他稱作「牆頭草一號」。

不過更左邊那個就有點麻煩了，那人正好坐在他對面，兩人就這樣直面對望著，比起圓桌會議，更像是他和周朔兩人的談判，周朔也在心裡替他起了一個綽號，叫作「麻煩」。

而坐在「麻煩」左手邊的男孩，看來態度和「牆頭草一號」大概相去不遠，這也是為什麼「牆頭草一號」會被稱作「牆頭草一號」，因為這人就是「牆頭草二號」，兩個牆頭草正好就坐在「麻煩」的左右兩旁。

最後一個男孩坐在周朔右手邊，那人是最晚到的，除了許國強，每個人都暫時不想跟周朔這個事主坐太近，因此最後留下的位置就剩周朔右手邊這裡，這人似乎被那只側背包給嚇壞了，身體僵硬得不自然，周朔在心裡將他稱作「廢票」。

大致弄明白情況後，周朔站起身來，除了坐對面的「麻煩」皺了下眉，其他人沒有表示太多情緒，周朔拿起原本放在膝上的墨綠色側背包，放到了圓桌中央，並快速掃過了兩個牆頭草的表情，看來風向稍稍往周朔這邊偏了些。

接著周朔舉起自己面前的烏龍，轉身敬了一周：「相信大家已經收到消息了，以後就由我阿朔接替『疤臉』，請大家多多關照。」

「前輩是能關照晚輩，但前提是晚輩也得孝敬前輩。」「麻煩」聞言馬上發招。

「那當然，對各位坤堂前輩，小的也不是不懂事。」周朔心裡雖然不高興，不過還是和氣地敬了對方：「以前我不管事，『疤臉』有對不起大家的地方，我替他向大家賠不是，以前佔下的地，我阿朔如數奉還，但有件事還望大家幫忙……」

「只是還個公道而已，就要我們幫你做事情啊?!」「麻煩」果然又發作。

「先等我說完。」周朔不卑不亢地望著對方答道，或許是桌上那只側背包起了作用，「麻煩」也沒有窮追猛打：「我們這次進去了很多人，人手一下有些吃緊，幾個地盤管下來，也有些力不從心，希望大家能幫忙出點力……」

說到這裡，周朔明顯聽見大家同時倒抽了一口氣，於是他便忍著笑繼續說：「我想把龍華市場劃成幾塊，大家就算幫晚輩一個忙，共體時艱幫著收租，得來的錢三七分成，我三成，各位前輩七成。」

聽見「龍華市場」時，大家又不約而同地倒抽一口氣，聽見「各位前輩七成」時，更是瞪大了眼，就連原本氣勢凌人的「麻煩」也不例外，幾個人很快交換了眼神，確定是不是自己聽錯了。

「二八。」儘管剛剛也在驚訝的對列中，「麻煩」還是故作姿態地討價還價：「活都是我們在做，你抽三……」

「二八是個好數字，那就決定二八吧！」周朔沒等他說完便向他伸出手。

所有人的目光頓時聚焦在周朔伸出的手上，「麻煩」看著眼前的手，一下也掩飾不了眼裡的驚訝，就來來回回望著周朔的手和臉，最後左右看了看其他人，似乎也想弄得體面些，便故作豪氣地回握了周朔的手：「兄弟爽快！」

「很好，這樣大家都說定了？」周朔又掃視所有人一周，別說許國強和「廢票」，兩個牆頭草也沒有異議的理由，於是周朔稍微理了下衣服，便接著說：「另外，過去的事就算了，我想另訂規矩。」

這時見到幾個人臉色一沉，「麻煩」更是不客氣地挑眉質問：「甚麼規矩？」

「讓大家都賺錢的規矩。」周朔雙手撐到桌上，環視著眾人微微一笑：「過去大家老窩裡鬥，我覺得沒意思，現在講和了，對大家都有好處，不如就這樣持續下去，坤堂底下都是自己人，自己人不打自己人，我們聯合起來往外爭地盤去！」

大家突然靜了下來，因為不像先前是明顯的利多，這件事充滿著不確定性，因此一時之間也不知道該表示甚麼意見，所以周朔只能慢慢導引：「我看大家不明白，那我分析分析，首先，不窩裡鬥這件事，對大家有沒有好處？」

幾個人左看看右看看，最後看向「麻煩」，畢竟「疤臉」之後，應該就數「麻煩」最會欺負人，這當中也包括了欺負自己人，因此如果要將這句話講死，影響最大的應該也是他。

「別看我，我欺負你們了嗎？」「麻煩」沒好氣地回瞪了幾對關注的視線。

「大哥誤會了，他們是敬重您，在看您的意思呢！」周朔望著「麻煩」，臉上堆滿了虛假的笑臉。

「當然好啊！自己人不打自己人嘛！」「麻煩」聳聳肩答道。

「那好，再來我們分析分析第二件事。」周朔順勢接著說：「我們一直對抗外人，如果有誰被欺負了，就一起反回去，如果想佔哪個地盤，大家討論了覺得對彼此都有利益，那我們就一起往外爭地盤，大家覺得這樣好嗎？」

這條又更難了些，因為前面只要不主動打自己人就行了，現在變成「麻煩」要主動去幫著那些被欺負的人，更得好好看他的臉色，大家一下子都不敢答應。
「不打自己人我答應，但是第二條你們自己玩。」「麻煩」最後果然這麼說。
「那我就講明了吧！如果第二條不同意，第一條就沒意義。」周朔忽然變了臉色，在「麻煩」抗議前繼續說：「如果沒有第二條規矩的話，要是你暗地勾結外人打自己人，那第一條又有甚麼意義？」
雖然兜了一大圈，然而大家也不完全是傻的，過一會兒就都明白了，紛紛點著頭，一同望向了「麻煩」。
「那我都不加入總行了吧！」「麻煩」受不了群眾壓力，厭煩地擺擺手。
「那好，我這人說話直，接下來你聽好。」周朔從剛剛就一直板著臉，現在的臉色又更加陰沉了：「既然不是自己人，前面說的就都不算數，『疤臉』過去佔的地，我一分也不會還你，龍華市場也不需要麻煩你了。」
「你……」「麻煩」站起身指著周朔，一時又想不到該說什麼。
「你站起來是甚麼意思？」周朔身子往前傾，右手撐向桌面，不偏不倚就擱在那只墨綠色側背包的邊上：「你不會是想傷了和氣吧！」
「麻煩」的視線被導引到那只包上頭，看著猶豫了好一會兒，又轉頭環視了其他人，很快他發現風向已經很明顯了，此時大家都警戒地望著他，比起圓桌會議，現在更像是一場為他精心設計的鴻門宴陷阱。

「好，坤堂就是一家人，算我一個。」「麻煩」終於坐下，悻悻然地雙手交抱著胸，坐下時還踢到了圓桌的一腳。

「太好了，既然規矩都講明了，今後就麻煩各位指教了。」周朔又舉起烏龍轉著敬過一輪，才坐下向大家擺擺手：「不好意思話說得多了，豆腐都要涼了，大家趁熱吃吧！」

「我吃過了，先走了。」「麻煩」重重扔下筷子站起身。

「那太可惜了，這家臭豆腐可是極品，只能請您慢走不送了。」周朔裝模作樣地對他點頭致意，接著就撕開免洗筷封膜，插起了一塊豆腐送入嘴。

「像你一樣臭嗎？」「麻煩」臨走前又啐一句。

「您客氣了，我臭多了……」周朔冷笑著應聲，不過因為嘴裡正嚼著豆腐，所以這話說得含糊，「麻煩」大概是沒聽見，因此就頭也不回地走了。

「朔哥，我敬你一杯。」左手邊的「牆頭草一號」舉起烏龍。

「別客氣，叫我阿朔就行。」周朔看也沒看就舉杯，甚至沒和對方碰杯子，就只是拿到嘴邊隨意啜一口便放下。

「那我也敬你。」右手邊的「牆頭草二號」也舉起烏龍。

「客氣了。」這次周朔連杯子都不舉了，只插了塊豆腐塞進嘴裡。

「呃……」旁邊的「廢票」似乎拿不定主意，只在喉嚨發著含混的怪聲。

「我敬你吧！」周朔忽然舉起自己的烏龍，堆滿笑容敬向「廢票」。

「謝謝。」「廢票」被嚇了一跳，趕忙也端起杯子畢恭畢敬地喝了一口。

接下來沒人再說話，大家就是安靜地吃著臭豆腐配烏龍，許國強和周朔以外的三人不時交換著眼神，然而就是沒有人知道該說些甚麼，只好繼續吃著豆腐，或者喝一口烏龍。

「我有些事，可能也得先走了。」「牆頭草一號」首先尷尬地笑著打破沉默。

「我也是。」「牆頭草二號」趕忙說。

「還有一半呢！」周朔看著兩人的盤子關心道。

「老闆打包帶走！」「牆頭草一號」立刻朝著櫃檯喊。

「這裡也打包！」「牆頭草二號」接著喊道。

「呃……」「廢票」似乎又陷入了左右為難的境地。

「也替他打包吧！」周朔指著「廢票」的盤子，對前來的服務員說。

過一會兒，店裡就只剩下許國強和周朔兩人，許國強這時湊向了周朔：「好險啊！看來是成功了，倒是為什麼不讓我說話？」

「他們都知道我替你打了『疤臉』，又約在你的地頭，我不想讓他們認為我們是一夥的，這樣他們團結不起來，也好各個擊破。」周朔說著拿出一包口香糖，抽出一條撕開嚼了嚼，最後抬起頭問道：「要來一條嗎？」

「不必了，我對填不了肚子的東西沒興趣。」許國強揮揮手，起身將「麻煩」一口都沒動的臭豆腐端過來，放到他和周朔的盤子之間：「我們一起分了吧！」

「好啊！」周朔拿起筷子便插了一塊。

「等等再叫臭臭鍋吧！我還得好好謝謝你。」許國強也插起一塊來吃。

「謝甚麼？」周朔本來要將豆腐送了口中，才想到嘴裡還有口香糖，便將筷子放下：「如果是說『疤臉』的話，我只是在幫自己。」

「你知道那天『疤臉』為什麼打我嗎？」許國強也放下了筷子。

「因為你踩了人家的地，這你之前說過。」周朔嘴巴邊嚼邊說。

「那是他老打我的原因，不過不是那天打我的原因。」許國強像在繞口令。

「不然那天是為了甚麼？」周朔手抱著胸，轉過身面向許國強。

「那天是我找他約架。」許國強說著便自己笑了：「不信吧？」

「你知道自己打不過他，還自討苦吃幹嘛？」周朔哼地冷笑。

「因為你。」許國強盯著他看，笑得更開懷了：「其實我約他打了兩次，第一次是在你撂倒我們三個人之後，我覺得這件事挺勵志的，雖然你最後被阿全打暈了，但至少你有勇氣，這是我一直沒有的東西。」

「那不是勇氣的問題……」周朔不可置信地望著他，又不知道該怎麼解釋。

「我知道，你是天生骨骼驚奇，任督二脈被打通了嘛！」許國強一臉認真地說著，拍了拍周朔的肩膀：「不過還是個不錯個故事，不是嗎？」

「你是不是傻啊……」周朔搖頭笑了笑。

「好了，不說了，豆腐都涼了。」許國強又拍了拍周朔的肩，指著他的嘴：「你也把嘴裡那東西吐出來吧！那是飯後嚼的，嚼著那個東西要怎麼吃飯呢……老闆，這桌再來一鍋臭臭鍋！」

過場　黑幫老大的崛起

「我沒有警員編號，因為我不是警察，就只是路邊隨處可見的野孩子。想想也是，要臥底的話，找警察做也太明目張膽了，要就像我這樣，一個沒有背景，沒有人在意的孤兒……或許，第一次見面那天，辰哥就盤算好這一切。」

郭警官聽了，假意拍了拍手：「很棒的故事！」

「你不信？」周朔冷笑著搖搖頭：「信不信由你。」

「你就為了怕『疤臉』報復，接了他的位置，還當了坤堂學生幫派的共主……後來呢？我記得你是當上了坤堂堂主吧！『疤臉』到底是何方神聖？你當上堂主後就能處理他了，為什麼非得當上老大？」郭警官質疑道。

「你們這些年輕人，對『爾幫』有概念嗎？」周朔忽然轉了話題。

「我對你有概念就足夠了。」郭警官挑釁地回答。

「看來是沒有。」周朔悶哼了聲，接著便開始講古：「『爾幫』老大叫爾學義，爾家一共六個兄弟姊妹、三男三女，都是學字輩，取名依序是忠、孝、仁、愛、信、義，三兄弟是學孝、學仁、學義，三姊妹各是學忠、學愛、學信。」

「大姊偏偏叫了學忠啊……」郭警官哼笑道。

「他們自稱『福東會』，福東是一家老字號餐館，取自老闆的名字彭福東。」周朔沒搭理他：「爾家的上一代是個普通的小混混，就負責這家餐館的收租，最小的爾學義常跟著在餐館白吃白喝，就這樣認識了老闆的兒子，彭耀仁。」

「我被你繞得好暈啊……」郭警官故作無聊地搖頭晃腦。

「總之你知道一件事就好。」周朔伸出食指：「一家好的餐館，就會聚集許多有頭有臉的人，政治、企業、媒體、影視、宗教……還有黑幫，只要統合這幫人，你就能達到難以想像的權力巔峰，爾學義正是看到這個機會，他也成功了。」

「為什麼不是彭福東來做這件事呢？他應該想找個大人物來把收租的趕走吧！」郭警官又質疑。

「就算是小混混，上面也是有人罩著的。」周朔聽了冷笑道：「不是隨便一個大人物都能趕走，彭福東醞釀了很久，想將幾個大人物聯合起來，沒想到自己的兒子彭耀仁也同時在替爾學義牽線，最後是爾家捷足先登了。」

「要我也選爾學義，彭福東就是個廚子。」郭警官啐一句。

「彭福東可要氣死啦！」周朔挑了下眉：「一開始只分『乾』、『坤』兩堂，爾學義自己帶領乾堂處理那些大人物，而坤堂就負責往外擴展勢力，最後很快各方勢力紛紛加入，順勢以八卦卦名分八個堂口，乾堂一樣以福東餐館作據點，其他堂的勢力則越擴越廣，後來新增的堂口以六十四卦為名，一度達六十個堂口那麼多……至於彭福東，就此大病不起，每年彭福東生日，爾學義就會透過彭耀仁置辦『福東宴』，表面是替彭福東祝壽，不過每年都見不到主角，其實就是各山頭的大會師，以爾學義作媒，梳理大人物間的關係。」

「別跟我說警察局長也在裡面……」郭警官半信半疑地搖搖頭。

「別說局長，市長也在裡面。」周朔順著說下去：「只要不惹太大的事，政府都不大會管，爾學義是聰明人，殺人放火那種顯眼的事不幹，黃賭毒也不會明著來，有時還派幾個小弟讓警察當業績，各方人馬相安無事了好一陣子。」

「聽你這麼說，之後顯然有變卦？」郭警官還是那副愛信不信的表情。

「黃賭毒就算暗著來，紙還是包不住火，儘管抓了幾個替罪羊，輿論壓力還是越來越大，最後出了一個叫葉誠彰的市長，找了個最憤世嫉俗的李大墉做市警局長，決定一舉端掉『爾幫』。」周朔眼神變得銳利：「在無法談和的狀況下，爾學義也決意在下一場市長選舉讓葉誠彰落馬，但是葉家是實力深厚的政治世家，『爾幫』那些政界朋友鬥不過，要培植政治勢力，就需要大量的金錢，也就更需要黃賭毒這樣的快錢。」

郭警官臉色一沉，忽然沒再搭話。

「在那段時間，『爾幫』的犯罪活動達到高峰，那時輿論紛紛猜測是葉家縱容『爾幫』，沒想到恰恰相反，那是野獸被逼入絕境後的掙扎。」周朔望向偵訊室門口：「那是兩大家族的角力，『爾幫』的目標是快速累積資本，在選舉前儲備足夠實力擊倒葉家，而葉家則是透過查緝『爾幫』切斷金源，並蒐集犯罪事實將爾學義送進大牢。我那時候是坤堂堂主，就幫辰哥盯著白粉這條線。」

「你負責白粉？」郭警官異常認真地望著周朔。

「你剛剛突然靜下來，是不是知道我要說甚麼事？」周朔微微彎起嘴角：「不過你得再等等，我必須再鋪陳一下，才會講到旅館街那件破事。」

第二幕（上）　暗夜裡的英雄

第一章　堂主與副局長

在陰暗的樓梯頂端，周朔在鐵門前鼓擣了半天，好不容易才將門弄開了，一瞬間外頭的光亮照了進來，周朔禁不住用手臂擋了眼，等眼睛終於適應了，他很快左右看了看，門外是一片空無一人的天台。

十年來，周朔都是在這座天台與那個人見面。

天台位於這座城市最高的一棟大樓，方圓五公里恐怕都找不到高過這棟樓的建築，站在天台中心的樓梯出入口，環視一圈也望不見任何一棟樓，只見遠處環繞了城市一周的群山，畢竟這座城市本身就是一座盆地。

但周朔無暇欣賞眼前的山景，上了天台便立刻轉身將門掩上，鐵門因為鏽蝕所以動起來不太順滑，闔上過程發出粗嘎的響聲，也不容易關嚴實，周朔又弄了半天，最後是用力踢了一腳，才終於讓門貼上。

十年過去了，周朔也在唇上和下巴蓄了點粗短的鬍渣，原本瘦削的顴骨也稍稍豐滿了些，側臉不再像新月那般尖銳，整體多了股成熟的韻味。

周朔轉著身子環視天台一周，但這一圈並非一覽無遺，周朔便拐著彎看過每座水塔後頭的死角，繞過幾塊鑲著通風口的水泥塊，才終於在水泥圍欄的一角找到一個熟悉人影，於是他上前走去，拍了拍對方的肩：「人來了都不知道嗎？」

那熟悉的人影轉過身，正是周朔喚作「辰哥」的孟夏辰，此刻他拎著公事包倚在水泥圍欄的一角，和十年前相比，他的腰圍大上了一圈，不過也還不到中年啤酒肚的程度，只不過腰際的襯衫釦子稍稍繃緊了點，臉上也多了點歲月的皺褶，目光也不如當年那樣灼熱，不變的或許只有下巴的那排短鬍，還有作弄人的表情也與當年並無二致：「你弄個門就弄了老半天，我都要睡著了。」

「別說你剛剛不是那樣弄！我還怕那道門被我們越弄越順手，到時候就要換地方了。」周朔聽了便罵道，並從墨綠色側背包裡摸出一只牛皮紙袋遞上前：「別廢話了，拿去吧！」

「唉呀！甚麼味道啊?!你不會上廁所也帶著那個包吧？」辰哥望著那只熟悉的側背包，摀著鼻子笑鬧道。

「別玩了，趕緊收起來吧！」周朔將牛皮紙袋按到對方的胸前。

「知道啦！」辰哥將紙袋收進公事包，嶄新的鋼錶便映著陽光閃了一下。

「新錶啊！」周朔抬手掩去刺眼的光亮問：「不會又升官了吧？」

「你沒給我業績怎麼升啊！」辰哥又在周朔面前轉了轉手腕：「好看嗎？」

「再怎麼好看也不是我的東西……」周朔冷哼了一聲，隨即別過臉，望向遠處的山景接著說：「上禮拜讓你抓了鼎堂堂主，業績還不夠大嗎？」

「大，大到我都冒冷汗了。」辰哥也轉過身，扶著圍欄望向遠處：「十年來，你送了不少死對頭給我吧！這件事我不好評論，可是我得提醒你，要我是爾學義那傢伙，如果說『爾幫』裡頭有個內鬼，我第一個就懷疑到你上頭。」

「反正最近腥風血雨，被抓的也不全都是都我賣的。」周朔從口袋摸出一包口香糖，抽出了兩條，將其中一條遞向辰哥：「要嗎？」

「謝謝。」辰哥接過口香糖，俐落地攤開銀色包裝紙，將口香糖捲成一捲扔進嘴裡，先嚼了幾口，接著邊嚼著邊說：「我知道這話你不愛聽，不然也用不著我說那麼多次了……苦肉計知道嗎？你這樣做太險，偶爾也賣一下自己人吧！」

「你想要我賣誰啊？」周朔也邊嚼著邊問。

「一開始打死不入幫，這麼多年了，你不會也開始講江湖道義了吧！」辰哥邊說著邊搖了搖頭：「至少當初那五人幫打過你，沒想到你一個都沒送進去。」

「打過我就送進去，這不更明顯了嗎？」周朔很快頂了回去。

「別裝糊塗了，你早就把他們當兄弟了。」辰哥無奈地輕嘆一聲。

「兄弟？我的腦子裡恐怕永遠沒這個詞。」周朔先哼了一聲，又接著說道：「我不是學別人講江湖道義，我就是一個人，從以前到現在都一樣，身為一個人，就應該講道理。我十年前是這樣子，十年後也是一樣，入幫前入幫後都一樣。」

「你越來越有那個味道了……」辰哥又無奈地搖搖頭。

「你才有味道，我每天都有洗澡。」周朔又嚼了嚼，過會兒才轉過頭問：「說實在的，最近辦了這麼多案子，內鬼應該不只我一個吧！」

「這種事你知道越少越好。」辰哥的回應冷酷異常。

「你不信我？」周朔雖然這麼說，然而看起來也沒當真。

「不管信不信，總之我希望你活著。」辰哥只淡淡地回答。

「我會活得好好的，請不用擔心。」周朔說著便真誠地笑了。

「剛剛那件事就讓我挺擔心。」辰哥沒跟著笑，仍舊板著一張臉說著。

「這件事我再想想……」周朔說到一半，忽然電話響了起來，便忿忿地接起電話劈頭就罵：「幹嘛呢?!」

「阿朔，是我。」電話那頭是許國強，大概是沒注意到周朔在氣頭上，仍笑嘻嘻地說著：「沒幹嘛，就是今天端午節，我們家包粽子，你來幫個忙，大家熱鬧熱鬧。」

「我腸胃不好，不吃粽子！」周朔沒好氣地應一句。

「是叫你包粽子，又沒叫你吃。」許國強無辜地說。

「光包不吃，那我更不願意了！」周朔罵完便要掛斷。

「那至少今晚來我家吃飯啊……」許國強知道周朔要掛，趕忙喊。

「就說不吃了！不說了，我有事。」周朔沒等許國強說完，便掛了電話，轉頭與辰哥延續剛剛的話題：「你說的事我會再想想，幾天後我會傳個訊息，你們就在那附近蹲著，我或許會送個兄弟讓你抓，不過也或許會突然改變心意。」

「不要感情用事，他們被抓也是好事。」辰哥說著拍了拍周朔的臂膀。

「不說了，我先走了。」周朔甩開他的手，轉身走向樓梯口，不過走到途中忽然又停下，回過頭又好一會兒不說話，杵一陣子才躊躇地開口：「我一直在等你提起，不過顯然你是忘記了……你知不知道我今天生日？」

「別唬我，今天端午節，是屈原生日。」辰哥挑了下眉，笑了笑。

「端午節不是屈原生日，」周朔搖搖頭：「是他老人家投江的日子。」

「真是你生日啊！」辰哥說著便笑著走向他：「你雙子啊？」

「你也研究星座嗎？」周朔皺起眉頭，臉上的失落瞬時被好奇取代。

「我一直以為你金牛，畢竟你天生牛脾氣。」辰哥說著又拍了拍他的肩。

「我是被你惹的。」周朔又氣惱地撥開他的手。

「我本來打算準備粽子的，可是你說你腸胃不好。」辰哥故作遺憾地聳肩。

「垃圾話……」周朔白了他一眼，不過也一下被逗樂了。

「我去年買了個錶，正想著要換。」辰哥說著脫下腕上那只映著光的鋼錶，遞給了周朔：「如果你不介意二手貨的話，這只錶送你，生日快樂！」

「這算哪門子二手貨？就沒見你戴過……」周朔瞬間綻出燦爛的笑容。

「這只錶我前年買的，最近才想著要戴。」辰哥看著周朔接過錶戴上，又戲弄地說：「你不忌諱別人送錶吧？」

「送鐘才忌諱，送錶沒甚麼。」周朔低頭撫著錶應聲道。

「那就別把錶帶給弄丟了，一塊錶如果沒了錶帶，就成了一只鐘了。」辰哥被周朔的喜悅感染，頓時也笑開懷，然而過一會兒又漸漸收起笑容：「總之那件事你再想想，我等你的消息。」

「再聯繫吧！」周朔也繃起臉嘆了口氣，轉身走向樓梯口。

「我們還得看多久？」這恐怕是許國強第十次問同樣的問題，坐在駕駛座的他略略側身探向坐在副駕駛的周朔，原本駕駛座的空間就只能勉強塞下他那高大的身軀，此刻他的體積又往外延展，連副駕駛座也顯得擁擠。

「專心。」周朔略略側過身子，兩根手指指著定住不動的雙眼。

「到底在看甚麼東西？」許國強先是望了望周朔的手指，再循著他的視線看過去，前方是一座貨櫃集散站，敞開的大門可以見到裡頭堆著數十個大型貨櫃，裡頭不時有堆高機和各式機具來回穿梭，偶爾可以見到貨車或貨櫃車進出大門。

「小心駛得萬年船啊！」周朔終於不堪空間的侷促，一把將許國強推回去。

「唉呀！」許國強驚叫一聲，稍稍靜了一會兒，隨即又開始自言自語：「我說我們堂主辦事就是讓人放心，這就是為什麼其他堂口老丟貨，我們就是從來沒丟過，關鍵就是細心，你說對吧！不像有些人說那甚麼……」

「說了甚麼？」周朔專注的神情頓時閃了一下。

「沒說甚麼。」許國強隨即應道，回話快得有些不尋常。

「說，我不會生氣。」周朔說完又認真盯著集散站的門口。

「這件事我自己也不信……」許國強放慢了語速，仍猶疑著該不該說。

「說就是了！」周朔的語氣一下變得強硬。

「總之我覺得就算是也沒關係。」許國強趕忙接口，又猶豫了好一陣子，最後才下定決心：「總之就是有人覺得，最近那個鼎堂堂主是你送進去的。」

「你也這麼覺得？」周朔壓抑著情緒問道。

「我不信！」許國強很快答道，但是想了一會兒又接著說：「不過就算是真的也沒關係，我也看那傢伙不順眼……」

「不是。」周朔立刻打斷他的話。

「甚麼？」許國強一下沒明白過來。

「我說了不是。」周朔加重了語氣，轉過頭白了許國強一眼，隨即像閒聊般抱怨：「下次聽見了就直接說不是，如果連你也吞吞吐吐的，會讓別人當真的，你堂堂一個副堂主，坤堂自家的事你也沒把握，這像話嗎？」

「對不起對不起……」許國強雙手合十連點了幾下頭，不過很快又轉移了注意力，望著大門問道：「現在還不能進去嗎？」

「我打個電話。」周朔說著便拿出手機，然而雙眼還是沒離開過大門，手指不自主地在車門框上點著，等電話終於接通後，立刻流暢地說道：「這邊是富強成衣周先生，之前跟您約過。」

「大哥，三天啦！」電話那頭傳來粗獷的抱怨聲，聲音大得甚至連一旁的許國強也都能聽見：「你前幾次都說要來拿，三番兩次都是等個三天就說不取了，我們等了三天又三天，周大哥，現在都快十天啦！」

「前幾次對不起啦！」周朔故作爽朗地說著，但電話這頭的眼神依舊銳利盯著大門：「這次我是真的就在路上了，一會兒就到。」

「這次我也說真的，再不取貨要扔了啊！」對方撂下一句便要掛斷。

「行行行，如果中午前還不到，那批貨隨您處置。」周朔連聲安撫，不過雖然嘴上說得輕快，眼神卻一點也沒有鬆懈。

「自己說的啊！」對方又說了一句，才終於掛上電話。

「待會見。」周朔在嘟聲響起前說了聲，也掛了電話，掛上電話後，周朔眼角瞄見許國強又攤開自己的皮夾，望著裡頭傻笑，便隨口問一句：「看妳妹啊？」

「還真的就是看我妹。」許國強連忙闔上皮夾，收進口袋裡，一副就怕周朔來搶的樣子，然而臉上還是那副喜孜孜的表情，沉著嗓音接著說：「警告你啊！雖然你是阿朔，可是別想亂看啊！我妹妹美若天仙，怕你看了就愛上。」

「那麼怕我看？」周朔嘖了聲：「幹嘛還老邀我去你家？」

「因為知道你不會來嘛！」許國強傻樂著應道。

「你這傢伙……」周朔半真半假地捶了許國強一拳，表情卻又忽然陰鬱起來，悶著嗓子對許國強說：「這一單做完，你就洗手不幹了吧！」

「怎麼？不會是不高興了要趕我走吧！」許國強笑鬧著捶了一拳回去。

「堂口合法的賺錢路子也不少，就是錢少了點，但也夠過日子了。」周朔沒跟著笑，陰鬱地轉過頭：「你妹是讀法律的吧！想讓她抓你啊？」

「讀法律是當律師，又不是當警察。」許國強又晃著腦袋傻笑，就像個大頭娃娃般望著周朔說：「哪天如果我不小心栽了，說不定還能請她辯護呢……你也行，到時候不會虧待你的，幫你打個八五折。」

「才八五啊……」周朔哼笑道，不過隨即又板起臉孔：「說認真的，你妹今年也要畢業了吧！以前你老說要賺學費，現在可以了，也不需要這麼險了吧！」

「說到畢業，順便跟你炫耀一下，我老妹她才剛通過司法官特考的第一關呢！」許國強還是沒看出周朔的表情轉變，仍舊笑呵呵地說著：「要是後面幾關也過了，說不定能成個『應屆』呢！」

「甚麼『應屆』？」周朔禁不住好奇，暫時也管不得先前的話題了。

「『應屆考取』啊！據說這沒多少人能辦到呢！」許國強笑得更開懷了。

「應屆考取就應屆考取，把話說一半是要幹嘛？」周朔抱怨道，接著又皺起眉頭：「雖然我也不是很懂，但既然是『司法官』特考，再怎麼說，這司法官總不會是律師，而是法官或檢察官吧！」

「是啊！大概是這個意思吧！」許國強還是不明就裡地點著頭傻樂。

「你還真想讓她抓你啊！」周朔聲量又稍稍提高了些：「再說，之後人家自己要是能賺錢了，說不定還嫌棄這些髒錢呢！你不老說著要幫她釣金龜婿嗎？都金龜婿了還需要你拋頭露面嗎？」

「金龜銀龜，只要我妹愛的就是好龜……」許國強兀自喃喃說著。

「這話可不能在你妹面前講，她會說你混蛋。」周朔一下被逗樂了，不過又很快打理了表情，一臉嚴肅地接著說：「總而言之，是兄弟的話就聽一句勸，趁著還沒甚麼事的時候就收手吧！」

「今天怎麼老說這個？你真要趕我走？」許國強狐疑道。

「最近條子查得勤，哪時候查到我們也不一定。」周朔手指在車框上又點了幾下：「之前沒栽是運氣，照這樣的收貨頻率，要栽也只是遲早。」

「原來你擔心的是這件事。」許國強一下笑開懷：「我們不會有問題的！」

「總之你好好考慮。」周朔彎腰從腳踏墊上撿起墨綠色側背包：「該下車了。」

「你怎麼總帶那個破包，看起來像窮學生。」許國強望著那只側背包笑道。

「我也想考大學，不行嗎？」周朔說著打開了車門。

「那我也得幫你賺學費……」許國強也打開車門下車。

「你先管好你自己吧！」周朔說著便甩上車門，朝道路兩端分別招了招手，起初看不清周朔是在朝誰招手，接著隨著一陣引擎發動聲響，兩台摩托車各自從道路兩端的轉角駛了出來，周朔便轉頭對許國強喊：「把車鎖了，我們去對面。」

兩人兩車到對街會合，兩名騎摩托車的男人停妥後，將全罩式安全帽拿下，分別是「老四」和「老五」，而這麼多年周朔早知道了他們的名字，於是便朝他倆喊道：「阿德！阿標！跟我進來！」

「我不用進去啊……」許國強嘴上雖這麼說，不過還是自己跟了進去。

「請問，」周朔沒搭理，進門就朝櫃台喊：「富強成衣周先生，哪裡點貨？」

「你就是周先生啊！」沒等櫃台的人回話，裡頭就傳來一個粗啞的男聲，聽來就和剛剛電話裡的聲音相去無幾，周朔循著聲音望過去，走出來的卻是紮著馬尾的壯碩女性，此時她又朝著對櫃台喊：「幫他辦好手續，等下讓他來我這裡！」

「周先生，證件帶了嗎？」穿著制服的櫃台大哥向周朔問道。

「帶了，身分證可以吧！」周朔驚魂未定地從口袋摸出皮夾。

「可以，然後請在這裡幫我簽名。」櫃台大哥很快翻開簿子的一頁，指著上頭的名字向周朔確認：「是富強成衣的周友富先生嗎？」

「沒錯。」周朔從皮夾中翻出證件遞上前：「證件。」

「證件上的相片不像啊！」櫃台大哥來回看了看證件和周朔的臉。

「那段時間胖了，現在瘦了。」周朔輕鬆地笑笑，拿起筆便在簿子上的空格簽了名，簽好後就伸出手向對方要回證件：「每個人都說不像。」

「警察攔檢都不會遇上麻煩嗎？」櫃台大哥將證件還了回去，隨口聊著。

「我長得還算斯文，從沒被攔過。」周朔笑著接過證件，然後一臉神祕地湊向櫃台大哥低聲說：「剛剛喊我的那個大姊肯定被攔過不少次吧！」

「吳姊其實樣子長得不錯，就是聲音嚇人了點。」警衛大哥聽著也笑了。

「是嗎？那我待會看仔細一點。」周朔拿著證件的手向警衛大哥揮了揮，便轉身往剛剛吳姊喊聲的方向走去，在轉身的瞬間，周朔一下收起剛剛討好人的笑臉，又換回剛剛車上那副陰鬱表情，攤開皮夾將證件收起。

「待會拆哪幾箱？」許國強識相地向周朔低聲確認流程。

「這單子上是一半的貨，你和阿德去弄。」周朔從皮夾翻出一張寫滿代碼的便條遞給許國強，又轉頭朝「老五」阿標低聲交代：「你等等跟我。」

「周老爺，你的貨在這邊！」吳姊冷不防從前方的貨櫃後頭冒了出來。

「謝謝吳姊！」周朔又堆起笑容，望向吳姊指的方向，然後回過頭來畢恭畢敬地對吳姊說道：「那我們自己先點一下，好了再跟您說。」

「還打聽我的名字了……」吳姊嘖了一聲：「等等找不到人就喊一聲吧！」

「是的，吳姊！」周朔應道，看吳姊走遠了，連忙打個手勢要其他三人到貨櫃裡邊：「阿強、阿德你們先看那邊，阿標跟我，我們先找這裡。」

紙上登記的是衣服尺碼和顏色代碼，箱子上也寫著同樣格式的代碼，四人先分頭將箱子找出來，接著拿刀子將紙箱拆了，裡頭放著三綑衣服，通常他們會拉出中間那捆，伸手一層層摸去，其中會有一件觸感不太一樣，摸到便一把拉出來。

過好一會兒，貨櫃裡便堆了一堆那樣的衣服，周朔拿了個空箱將這些衣服蒐集起來，從側背包裡拿了捲膠帶封好，將箱子推給阿標：「這箱你騎車送去『倉庫』，送完就回家。」

阿標應了聲好，抱起箱子就走出了貨櫃，周朔心不在焉地撫摸過貨櫃中的其他箱子，接著想起甚麼似地轉頭望向阿標離去的背影，喊道：「阿標！」

「怎麼了？朔哥。」阿標狐疑地抱著箱子轉過身。

「那個……」周朔這時卻忽然詞窮，就這樣楞楞望著阿標好一會兒，一陣子就張著嘴不說話，阿標儘管沒膽催促，不過這麼長時間也覺得尷尬，就在他要開口問的時候，周朔才終於吐出一個句子：「照我跟你說的路走，不要錯了。」

第二章　你的謹慎會害了你

「阿標怎麼還沒打電話報平安？」楊雙全說話的同時，徒手撕開了一只用封箱膠帶黏死的紙箱，頓時發出刺耳的撕裂聲響，過了這麼些年，楊雙全的身材仍舊短小精悍，甚至又更精實了些，兩條胳膊恐怕比狼牙棒都要管用。貨櫃送來的箱子塞滿了堂口辦公處，從大廳一直延伸到走廊，楊雙全負責將封條撕開，並將箱子按顏色和尺寸堆好，周朔和許國強則照著清單將衣服重新裝箱。

「可能中間兜去哪裡，稍微晚了點吧！」周朔邊核對著清單邊隨口應道。

「我叫他幫我辦點事，」許國強將幾件衣服挑出來：「不過也該弄完了。」

「辦甚麼事？」楊雙全停下手邊工作，望向許國強。

「就是一點私事。」許國強揮揮手，沒有打算繼續說下去的意思。

「別搞砸了啊！」楊雙全念了一句，又繼續拆紙箱。

「怎麼會砸呢！我讓他送完貨再去的……」許國強低聲抗議道。

「阿標也不是傻的，自然先送完貨再去辦。」周朔在一旁幫腔，不過視線沒離開過手上的單子，接著想到甚麼似的抬起頭，踢了踢腳邊的箱子，到走廊上喊道：「育幼院的衣服還沒弄好嗎？」

「快了，剩十來件！」一個聲音自走廊盡頭答道。

「你說，龍華市場那幾個攤販怎麼那麼挑呢！」許國強邊分著衣服邊抱怨：「我們賣他們衣服是他們的榮幸，怎麼就還挑三揀四的？一家說要亮色系的，一家又說要大尺碼的，另外一家說只要L，又一家只要粉色，還有專要綠色的！」

「人家要我們這些破衣服就不錯了，要是攤販沒錢賺，誰來交保護費啊！」周朔對著手裡的清單，有一搭沒一搭地答道。

「他們賺得可多了，一件衣服都賣我們兩倍的價錢！」許國強又抱怨。

「兩倍可公道了！」楊雙全聽了罵道：「你想想，他一件衣服就賺你一半的錢，他要不要交店租？要不要交水電？這都別算，他還得交你保護費呢！」

「甚麼交我保護費？說得好像全進我口袋一樣……」許國強又低聲抗議。

「說真的，以後這些衣服我們便宜賣你，你就在龍華市場擺個攤販賣衣服吧！」周朔在一旁接口道，又踢了踢腳邊的箱子，到大廳另一頭找衣服：「你每件衣服都少賺點，把客人都拉來你這邊吧！」

「又談這件事……」許國強嘖了一聲：「我這衣服一件件賣，都不知道要賺到幾年去了，還是這邊輕鬆，有句話說的好，富貴……富貴求甚麼的？」

「富貴險中求。」周朔想也沒想就應道。

「沒錯，就這句。」許國強對周朔豎起大拇指：「我說阿朔啊！你那些文謅謅的東西都比我們好，又老背個書包，你怎就不好好讀書呢！說不定當年好好讀書的話，你現在就是個企業家，我們還得巴著你哪！」

「我現在不是企業家，你們不也得巴著我嗎？」周朔邊點著衣服邊回道，然後抬起頭望向許國強：「你說了那麼多，是有在認真做事嗎？今天不回家啦！」

「今天當然得回家，今天是大日子！」許國強說著又喜孜孜地開始忙起來。

「甚麼事讓你……」說到一半，電話忽然響了起來，周朔望了望其他兩人，就自己離電話最近，其他人要過來還得越過紙箱海，於是便將清單放到一旁的紙箱上，將電話接了起來。

「喂。」周朔只簡單應了一聲，接下來好一段時間便沒再說話，只管著聽電話那一頭說，其他兩人覺得奇怪，便望向周朔這邊來，只見周朔表情越來越凝重，過程中一句話也沒說，最後只說句：「你先別急，這件事我處理。」便掛上電話。

「甚麼事啊？看你那表情……」許國強擔憂地問道。

「阿標出事了。」周朔只簡短說了一句。

「果然是這樣……」楊雙全說著瞪向許國強：「你叫他去辦甚麼事？」

「阿標出了甚麼事？」許國強沒搭理，只是繼續向周朔確認。

「有人看到阿標在華西街被條子帶走。」周朔說著坐到一旁的紙箱上，撫著下巴望著一個點出神。

「是你叫他去華西街辦事的嗎？」楊雙全向許國強質問道。

「我讓他去那裡幫我取個錶，可我叫他送完貨再去啊！」許國強辯解。
「取個錶你自己去就好，為什麼非得要他去啊！」楊雙全又罵道。
「阿全別說了。」周朔有氣無力地勸著。
「今晚我們家本來要替妹妹慶祝的……」許國強的表情也一下懵了：「幾天前去華西街的鐘錶行訂做一支錶，說甚麼都要今天才會好，可是我怕這邊弄一弄晚了，想說阿標送完貨就回家，就請他順道幫我拿，沒想到……」
「阿標是載貨被抓的嗎？說不定只是違規左轉還怎麼的……」楊雙全問道。
「聽說是載著箱子，條子還把箱子打開，把衣服拿出來看了看，但不知道有沒有拆，總之現在先做最壞的打算。」周朔嘆了口氣。
「我問問看妹妹，看能不能請個律師幫他……」許國強說著便要找電話。
「別問了，你妹說不定還在用功呢！」周朔站起身來，重新打理了下表情，朗聲說道：「阿標也不是傻的，之前福東會的法律顧問都教過了，該說和不該說的他應該都知道，現在就不知道條子那邊知道多少，先讓他的家人去探個消息。」
「我們不能去嗎？」許國強又問。
「剛剛說了，現在還不確定有沒有查到我們這裡，不要自己送上門。」周朔又強調一次：「我們這邊先派個人送錢去阿標家裡關照一下，順便請個好律師，就讓律師和阿標家裡的人去探個消息。」

「也只能這樣了啊……」許國強喃喃地說。

「為什麼阿標會被抓呢？」楊雙全這時忽然問道，眼裡滿是狐疑：「東西都在衣服夾層裡，衣服也好端端地在箱子裡，阿標又沒案底，把箱子的封條拆開就已經很超過了，那些條子應該看了都是衣服，也沒有道裡繼續檢查吧！」

「你懷疑……」許國強抬起頭，露出疑惑交雜驚訝的表情。

「或許就是個意外，這時候沒必要互相懷疑。」周朔打斷許國強的話，堅定地來回望向他們倆：「誰都知道會長這次和條子槓上了，福東會的成員不管有沒有案底，在路上載著一大包東西就會被懷疑。」

「但也有傳聞說條子在幫裡面安插了內鬼。」楊雙全顯然不想就此罷休，接著問：「保險起見，不查一下嗎？」

「現在查也沒個頭緒，等事情過了再說吧！」周朔直接下了結論。

在一陣混亂的撞擊聲響後，天台的門一下被周朔撞了開來，因為用力過猛，身體稍稍失去了平衡，不過也因為這樣，讓他一下就見到站在水塔後邊的辰哥，周朔撫著吃痛的上臂，朝辰哥大吼：「為什麼出賣我?!」

「先把門關好，不然你會先出賣了自己……」辰哥只淡淡地回應。

「如果門這頭就站了個鬼，門關再緊也沒意義！」周朔邊吼邊往前走去。

「別衝動，有話好好說……」辰哥向前舉起手。
「我要怎麼好好說，你都做到這個地步了！」周朔上前撥開了辰哥的手。
「我能理解你不高興，但是你先聽我說……」辰哥還是維持著一貫的語調。
「每次都要我聽你說，你有哪怕一次聽過我嗎?!」周朔又吼著。
「你先去把門關好。」辰哥手指向樓梯口。
「你先說明白！不然哪知道關門你會不會放狗?!」周朔又將他的手撥開。
「你見到狗了嗎？」辰哥聳起肩膀，還是一臉淡漠。
「別跟我扯這些！我今天沒心情！」周朔又瞪著他吼。
「你不關我關……」辰哥說著便走向樓梯口：「總得有人收拾爛攤子。」
「你別想跑！」周朔一把將辰哥拉了回來：「你先說清楚！」
「我一直想說，是你一直打斷我。」辰哥還是按捺著性子說著。
「好！」周朔咬著牙應道，稍稍平靜下來，雙手抱胸轉過身：「現在讓你說。」
「我知道你不高興。」辰哥伸出手，但在拍上周朔的肩膀前就收了回來：「你報了個路口給我，要我在那附近等著，等得到的話就等，等不到就回家，結果那天你叫你的小弟走別條路，我卻正好叫了人在那條路上等著……」
「果然就是你叫的人！」周朔又衝著他吼。
「是我叫的沒錯，但是……」辰哥試著解釋。

「你難道沒有想過我也可能走那條路？」周朔面目猙獰地瞪著他：「如果你們蹲到的是我的話怎麼辦？」

「我沒想要蹲你……」辰哥搖搖頭。

「你是不是想抓我！」周朔衝上前抓起辰哥的領子。

「你能不能小聲點，你這樣是害了你自己……」辰哥沒閃開，也沒掙脫周朔的手，只是平和地望著他。

「反正也是時候了，也該連我一起端了。」周朔放下辰哥的領子別過頭。

「我沒想弄你……」辰哥又搖了搖頭。

「反正其他人都進去了，就剩我這條大的啊！」周朔歇斯底里地朝辰哥吼：「我是周處除三害啊！現在剩我一個，把我送進去就完事了嗎?!」

「你能不能冷靜！」辰哥終於壓不住情緒，大聲吼了回去，可是又很快收住，看周朔稍停了下來，才打理了臉上的情緒，平靜地接著說：「我還真沒出賣你，是你的謹慎害了你自己。」

「說下去。」周朔雖然不再吼，然而還是沒卸下敵意。

「不用我說你也知道，在正式收貨前先等個十天是你的習慣，一直以來你都很謹慎，可是這回反倒害了你，你那個貨櫃在那裡放了七天，人家業主受不了，找上熟識的管區員警討論，這件事被主事的長官注意到了，就懷疑了那批貨。」

「我在那邊蹲十天了，怎麼沒見到有人去看那批貨？」周朔狐疑道。

「不需要看，我們也沒搜索票，就是一個懷疑，反正等你們收貨了，自然會去把東西取出來。」辰哥耐心解釋。

「後來貨拿出來了，警察呢？」周朔還是沒卸下懷疑。

「這點你還真要謝謝我。」辰哥撇嘴說道：「那時候已經來不及聯繫你了，我把你給我的情報和這件事兜在一起，想到如果甚麼都不管的話，你肯定被抓，我說服上頭，說取貨時抓你們就只是持有罪而已，我騙他們說你們要交易。」

「你把我報給你的地點說成是交易地點？」周朔漸漸明白了。

「沒錯，我們沿路跟著你那個小弟，他沒到你給我的那個路口，也沒有聯絡買家的跡象，最後上頭判斷情報失準，怕那個小弟逃掉，因此設了一個檢查哨將他攔下，後來的事情你都知道了。」

「如果那天送貨的是我，那我不就栽了？」周朔話裡還是有氣。

「你一個坤堂堂主，還需要親自送貨嗎？」辰哥挖苦道。

「為什麼不乾脆告訴他們我是臥底，直接放了我們？」周朔也沒好氣地回應。

「現在警方裡面也有鬼，你就那麼想死嗎？」辰哥冷冷地反問。

「反正我的命也是你決定的。」周朔又頂了一句，才繞回原先的話題：「既然他們都知道那個貨櫃了，為什麼還沒有人找上我們？」

「找上你們幹嘛？你們手上又沒有貨，花個十天半個月都未必能定你們的罪，甚至被抓的那個小弟都還懸著哪！他堅稱自己只是送衣服到育幼院，不清楚衣服夾層內的東西，對於衣服的來源也堅決不說，如果找個好律師，說不定也能脫罪。」辰哥的表情看不出是遺憾還是慶幸：「與其打沒把握的仗，不如把釣線拉長，他們想讓你們以為那個小弟只是路上剛好被攔到，你們就不會想到貨櫃上頭，接著他們會盯著那些沒有依約取件的貨櫃，時機成熟了就一網打盡。」

周朔聽著便沉默了，顯然明白了辰哥的苦心，熾熱的怒火也頓時煙消雲散。

「現在能去把門關上了吧！」辰哥也沒為難他，就淡淡說了一句。

周朔順從地走去樓梯口，弄了老半天才將門關實，走回來時他低聲問道：「這次你給了錯誤的情報，應該不會有事吧？」

「托你的福，我送進去不少狠角色，如果上頭要懷疑我的話，差不多得將全國的警察都懷疑一輪了，他們現在沒這個閒工夫。」辰哥笑著回道，但又忽然臉色一沉：「倒是你得小心點，經過這件事之後，警方會死盯著你。」

「你不怕他們盯到這裡嗎？」周朔半開玩笑地哼了口氣，望向遠方的群山。

「怕，所以才叫你關門。」辰哥苦笑著回道：「我也知道你的性子急，在見面前我已經跟你三天了，找到那三班輪著跟你的警察，上天台前就先將他們支開了，短時間應該不會找到這裡。」

「難怪你一直避不見面……」周朔手倚在水塔上敲了敲。
「我不是避不見面，是忙著收尾。」辰哥搖搖頭嘆了口氣。
「跟我的警察是哪幾個？」周朔回過頭問道。
「現在上頭怕有內鬼，所以跟監的成員不會固定。」辰哥很快回道。
「這樣我不是完全沒法動。」周朔瞪大了眼。
「你只能歇一陣子了。」辰哥說著又皺眉：「堂主需要甚麼都自己來嗎？」
「白粉生意是大事，你自己也清楚，之前抓到的不是堂主就是幹部。」周朔從口袋摸出一包口香糖，從裡頭抽出兩條，其中一條遞給辰哥：「『爾幫』跟警方一樣怕內鬼，下面的小弟不會碰貨源，只負責下游的銷售。」
「現在坤堂被列為偵查重點，你們那幾個幹部都要小心。」辰哥接過口香糖。
「要多久？」周朔撕開包裝，將口香糖捲一捲便送進嘴裡嚼。
「他們預想你們不會想到貨櫃，所以預計你們短期內就會有大動作，以彌補那單丟掉的貨，這樣算起來，至少三個月內都會死盯著你們。」辰哥分析著。
「三個月？」周朔搖搖頭：「我們不可能壓著三個月不動。」
「你們預計能撐多久？」辰哥也把口香糖送進嘴裡。
「現在根本沒有本錢『撐』，會長這陣子急需用錢，每個堂口都苦哈哈的，能按月繳就不錯了，堂口的小金庫根本不會有多的錢。」周朔又焦躁地搖頭。

「那是因為其他堂口老丟貨，但坤堂不是就丟這次而已嗎？」辰哥狐疑道。

「還不是因為你！」周朔低聲罵：「我每次送一個堂主進去，你就要我拿錢去收買人心，原本能存起來的錢都散出去了，其他堂口勉強能上交都是來找坤堂要錢，搞得坤堂自己一毛錢都沒有。」

「我是怕那些堂口被逼狗急跳牆，要是殺人放火怎麼辦？」辰哥撇嘴道。

「那現在怎麼辦？換我們去殺人放火？」周朔沒好氣地反問。

「黃賭毒有三條路，不過就是斷了毒，其他兩條路總能多少賺點吧！」辰哥扳著手指分析，嘴裡不時嚼著。

「你也不是不知道，黃跟賭都是要投資的。」周朔一臉不耐：「短時間內反而要先賠一筆進去，更何況這兩條路子都讓乾堂抓得牢牢的，畢竟福東餐館規他們管，食、色、性三個是在一起的，會長也不想放掉旅館街這隻金雞母。」

「福東餐館和旅館街啊……」辰哥陷入深思，一會兒忽然抬起頭：「說起來，『福東宴』不就是下禮拜天嗎？」

「我都要熬不過這關了，還管『福東宴』哪！」周朔沒好氣地應道。

「再兩年就要選市長了，今明兩年的福東宴都是關鍵，爾學義那傢伙在意的應該是福東宴前能累積到的資金，福東宴後應該不會逼得那麼緊，你去找先前給過人情的堂口東湊西湊，多少也能撐過這三個月。」辰哥解釋。

「算了，跟你說這些也沒用，你也沒辦法借我錢。」周朔偏過頭嘆了口氣，在辰哥接話前先擺了擺手：「這我懂，我知道這件事你也使不上力，我不怪你，只是事情落到我身上了，就讓我抱怨幾句吧！」

「抱怨沒關係，你自己小心點就行。」辰哥誠懇地說道。

「你也是，小心點！」周朔轉過身，向後揮了揮手，便往樓梯口走去。

「我說阿準啊！上次坤堂給了你們訟堂三百萬，那可不是小數目啊！」在堂口的辦公室裡，周朔將桌上的電話開了擴音，雙手撐扶著桌子朝電話說著，楊雙全則坐在辦公室一角的椅子上，撐著下巴望向桌上的電話。

「朔哥『救濟』訟堂的那三百萬，我們當然不敢忘了，但我們現在還是很吃緊哪！」電話那頭小心翼翼地答道，還刻意強調了「救濟」這兩個字。

「當然那三百萬是給你們的，當時沒立下借據，我們之後也不打算要回來。」周朔順著對方的話說下去：「可是現在坤堂有難，江湖道義總不能也丟著不管吧！之前訟堂有難時，我阿朔幫過你們，這次多少也幫一個吧！」

「真的沒辦法，三十萬已經是極限了。」對方可憐兮兮地答道。

「你這麼說的話，一開始的一百萬我是不敢跟你要了，不過五十萬總勉強能湊上吧！」周朔說著看了一眼身旁的白板，看著上頭的幾個數字搖搖頭。

「五十萬是真的不行啊！三十萬都是我們榨著汁擠出來的，你也知道我們前幾個月才丟了筆大單，都想著要找您救濟了，幾個月都咬牙撐著，就是看著朔哥的恩情，才脫了褲子也要湊出這筆錢的啊！」對方劈哩啪啦就說了一大段。

「四十五萬也不行？」周朔又問。

「這個月就要四十五萬真的……」電話那頭猶豫地咂著嘴，過一會兒才接著說：「不然這樣好了，這個月算了，這三十萬您就當存在我這裡轉一轉，下個月翻本了，我湊個五十萬給您好不好？」

「你一個月只能把三十萬變五十萬？我還能翻成一百萬呢！」周朔沒好氣地答道，又看了眼白板上的數字，嘆口氣接著說：「算了，就這個月你給我三十萬吧！我過幾天派人去拿。」

「好好好，還是朔哥公道，這兩天我們就把現金備齊了！」對方聽著像是鬆了口氣，然而轉眼又賊賊地探問道：「朔哥剛說三十萬能翻成一百萬，是真的嗎？」

「不說了，就這樣。」周朔想也沒想便掛上了電話。

「三百萬只願意給三十萬，當我們抽稅呢！」楊雙全看周朔掛斷後便罵道。

「別這樣，大家都不好過……」周朔沉著氣安撫著。

「他哪裡不好過？就不信打他一頓不會變一百萬！」楊雙全站起身又罵。

「你打誰一頓都能打出一百萬來……」周朔喃喃說著，轉身將身旁的白板拉了過來，用麥克筆在上面註記：「訟堂，三十萬。」

「真寒酸，真天殺的寒酸！」楊雙全邊踱步邊罵著。

「阿強到底上哪去了？」周朔蓋上筆蓋，轉過身望著幾張空椅子小聲咕噥。

「我哪知道，又不是我家養的狗！」楊雙全沒好氣地應著。

「算了，算數的東西他也幫不上……」周朔回過身又盯向白板。

「他甚麼也幫不上，就專門搞砸！」楊雙全踱著又走回座位坐下。

「你這些年對他越來越不尊敬了啊……」周朔琢磨著白板上的數字，隨口說著：「說甚麼他也是副堂主，這件事多少也得參與一下。」

「這算哪門子的副堂主……」楊雙全又喃喃叨念一句，不過很快又安靜了。

「這樣東加西減下來，這個月就算榨成汁了，也還差了五百萬哪！」周朔望著白板上的數字發愁，手指隔空邊比劃著邊喃喃說道：「屯堂、師堂、謙堂、恆堂、漸堂……給過人情的堂口都打電話了，總不能跟其他堂口借高利貸吧！」

「那甚麼堂的也太誇張了吧！」楊雙全忽然指著白板喊道，站起身來：「我們給了五百萬，結果他這次只願意拿十萬出來？」

「你說鼎堂嗎？」周朔往楊雙全指的方向看去：「人家這個月才剛丟貨啊！」

「如果晚點丟的話，那五百萬就剛好拿來補缺口了。」楊雙全嘆了口氣，又問道：「我們丟一次貨就那麼慘，那些堂口丟不只一次了，是怎麼撐過來的啊！」

「幫其他堂口做事吧！我再問問有甚麼活可以幹……」周朔心不在焉地說。

「叫強哥去吧！反正他閒著也是閒著。」楊雙全又酸溜溜地說道。

「嗯，我會找事情讓他做的。」周朔隨口應著，又將白板上的數字加了一遍，嘴裡喃喃念著：「三個月哪！死傢伙，我就不信其他堂口能撐那麼久……」

「強哥到底去哪了呢?!」楊雙全說著，用力拍了下扶手。

「別著急，人又不會丟……」周朔漫不經心地答聲，這時忽然電話響了，周朔推開了白板，轉身便往電話探去，同時低聲自言自語：「說不定是哪個良心發現的堂主要送錢了。」

沒想到電話一接起來，周朔只「喂」一聲，便好長時間不說話，就和阿標出事那天一樣，弄得楊雙全也緊張了起來，先是神經質地踏著地板，接著乾脆站起身，周朔只看了他一眼，也沒安撫的意思，就專注地聽著電話。

「好，這件事我會處理，有甚麼責任就我來擔。」周朔最後只回了這句，便掛上了電話，表情凝重地望著電話沉思。

「別跟我說強哥也出事了。」楊雙全壓抑著情緒，擔憂地盯著周朔的臉。

「阿強被人送到醫院，不過應該暫時不要緊。」周朔只簡單地回應。

「怎麼就被送到醫院了？」楊雙全一下瞪大了眼。

「被人打的，他去踩人家的地。」周朔看來還在消化情緒。

「誰敢打他?!強哥可是坤堂副堂主！」楊雙全不自覺就提高了音量。

「乾堂。」周朔吞了口水，在桌子旁的辦公椅坐下：「他去了旅館街，詳細的事情我也不清楚。」

「他怎麼會去碰那種地方……」楊雙全也頓時失神，坐回原本的座位上。

「他想彌補吧！」周朔嘆了口氣。

「那就是個意外……」楊雙全說著便自己打住，茫然地低下頭，過一會兒又抬起頭問道：「那通電話是誰打的？」

「乾堂堂主。」周朔很快回答：「說這次算是個警告。」

「堂主都親自打來了？」楊雙全不可置信地問道。

「沒錯，看來這次『福東宴』要好好跟會長道歉了，畢竟乾堂是會長自己的人馬。」周朔緩緩晃著椅背，過好一會兒，才拍了下扶手站起身：「總之我們先去醫院看阿強，只要人沒事，之後的事都好說。」

第三章　福東會的新秩序

周朔和楊雙全向走廊上的護理師問了病房的位置，好不容易找到了病房，卻從大開的房門看見病床旁邊站了名年輕女性，看來約莫二十歲出頭，身穿簡約的襯衫和牛仔褲，留著一頭俐落的短髮，正在一旁整理著棉被的邊邊角角。

「不好意思，走錯了。」楊雙全道了聲歉，便一把將周朔拉了出來：「強哥沒有女朋友吧！」

「誰說是女朋友，那是他妹。」周朔說著便又要進去。

「你怎麼知道？他不是從來不讓人看他妹的相片？」楊雙全又將他拉出來。

「他那皮夾都不知道攤開幾次了，別說你這十年來都沒不小心瞥到一眼。」周朔望著楊雙全好一會兒，見對方露出不可置信的眼神，便搖了搖頭：「再說了，那床上躺著的就是阿強，總不會錯了吧！」

於是兩人便又走了進去，因為剛剛那一鬧，裡頭的女子老早就望著他們倆，女子雖然沒有許國強說的那樣美若天仙，不過長得也還算端正，此刻她理解地對兩人點頭問道：「你們是哥哥的朋友吧？」

「對，還沒醒嗎？」周朔望著床上包紮著頭的許國強問。

「他醒了，只是剛剛又睡了。」女子也望著許國強回答。
「沒甚麼事吧？」周朔有些擔憂地盯著許國強頭上的包紮，和右前臂打上的石膏。
「醒著的時候讓醫生檢查過了，說是沒有腦震盪，右手的骨折也不是大問題。」
「沒甚麼事就好，」周朔對女子點了點頭：「那我們就不打擾了。」
「等等，我有話想對你們說。」女子輕聲喊住將要離開的兩人，又看了下床上的許國強，轉頭示意周朔和楊雙全到病房外頭，女子自己則又撫摩了下許國強右前臂上的石膏，並握了握裸露在外的手指頭，才跟在他們後頭出去。
「剛剛忘了自我介紹，我是他的妹妹，許慧如。」許慧如在交誼廳選了張椅子坐下，用眼神示意另外兩人也坐，等他們坐定後才開口接著說：「如果我沒猜錯的話，你們應該是福東會的人吧！」
「是。」周朔也不知道該怎麼應對，乾脆就承認了。
「哥哥已經很久沒被打成這樣了，雖然不知道發生甚麼事，可是多少也能猜到一些。」許慧如避開兩人的眼神，望著一個點出神：「他從慶祝我考過司法官初試那天開始就鬱鬱寡歡，所以我想應該是從那時候開始的，最可能的是那支錶吧！」
「妹妹你別瞎想啊！」沒想到楊雙全這時急著插嘴，探出身子解釋著：「就只是我們那天剛好丟了一單貨，和妳的慶祝會只是巧合。」
「那我就放心了，我還以為他盜用公款了呢！」許慧如突然不合時宜地露出了燦爛笑容，把一旁的兩人都嚇傻了，只見她舒一口氣後繼續說：「我還以為你們是來找他算帳的，電視不都這樣演的嗎？說不定還會把我抓去賣了……」

「原來妳是擔心這個啊……」楊雙全不可置信地望著她。

「我可擔心了，那支錶我都帶來了！」許慧如說著，從牛仔褲的口袋裡掏出了一只亮銀色的懷錶，錶蓋上刻著古雅的雕花，看來就價值不斐，許慧如捏著錶又說道：「我想說萬不得已的話，就拿這支錶抵債，說不定就不用賣身了。」

「只有萬不得已的時候才賣這支錶嗎？」楊雙全不敢相信自己的耳朵，方才的憐憫頓時煙消雲散，火氣倒是全上來了：「妳知道妳那傻哥哥就是為了這支破錶，害我們現在負債五百萬嗎……」

「別說了！」周朔想到要制止時已經太遲了。

「果然是這樣……」就如同方才笑容的猝不及防，許慧如的淚水也是說來就來，她聽了立時低下頭摀著臉嗚咽道：「我就知道事情不會這麼單純的，哥哥果然是因為這支錶闖禍了……」

「其實也不完全是因為這支錶……」楊雙全一下不知所措，只能喃喃安慰。

「五百多萬哪！」許慧如雙手抱著自己的身子，交互搓了搓臂膀。

「別擔心，我們不會要妳賣身的。」周朔立刻明白了許慧如的肢體語言。

「不然把這支錶賣了吧！這要一萬多塊的……」許慧如捏著手上的錶說。

「這支錶要一萬塊！」楊雙全忽然又喊：「妳每天就帶著一萬塊在身上啊！」

「這真的一萬塊……」周朔也一下從迷茫中驚醒，一把將懷錶抓了過來，一不小心按到了開關，錶蓋便彈了開來，錶蓋內側用烤漆烤了張相片上去，一看就知道是許慧如的半身照，照片底下還分別用中文和英文印上了許慧如的名字。

「本來五千的，烤了這張相片就要一萬塊錢。」許慧如有些羞赧地說。

「大姊，本來五千的，妳弄了這張相片，別說一萬了，三千都不一定有人要。」楊雙全頓時清醒過來，又刻薄地在一旁挖苦。

「怎麼會？難道相片不好看嗎?!」許慧如高聲抗議著。

「好看是好看，可是妳看看這邊，還寫著妳的名字呢！」楊雙全指著相片底端的中英文字：「這種東西只有三種人會花一萬塊買，一種就是買來送妳的，比如說妳哥或是妳朋友、男朋友之類的，另一種是妳的腦殘粉，最後就是妳自己。」

「這樣聽起來還蠻多人要的嘛！」許慧如發自內心地露出天真的微笑。

「妳是不是傻啊！跟妳哥一個樣。」楊雙全說著搖搖頭：「除了腦殘粉以外，另外兩種人妳都賺不了錢，難道妳要賣給妳哥嗎？」

「不行嗎？」許慧如認真地反問。

「除非他腦子傻了……」楊雙全說著又忽然打住：「說不定還真的可以。」

「別鬧了。」周朔實在看不下去，打斷了兩人的對話：「就算這支錶真能賣一萬塊，對我們來說也只是皮毛而已……妹妹妳就別折騰妳哥了，這支錶就好好收著吧！妳哥也不會希望妳賣的。」

「那就不賣了。」許慧如俐落地將懷錶收回口袋裡。

「收得倒是挺快的……」楊雙全不是滋味地低聲咕噥。

「妳爸媽呢？」周朔連忙轉了話題。

「在氣頭上，兩老嚷著說不來了。」許慧如鼓著嘴回道。

「是家人就會來的。」周朔柔聲安慰著，望著許慧如的側臉想了想，又開口接著說：「妹妹啊！妳也勸勸妳那傻哥哥退出福東會吧！」

許慧如沒回答，反而冷不防地望向周朔問：「你知道他為什麼加入幫派嗎？」

「知道，不就為了賺錢讓妳讀書嗎？」周朔點著頭回答。

「賺錢的方法有那麼多種，幹嘛非要混幫派不可？」看許慧如的語氣和表情，這話看來不像是在問問題，反倒比較像在打啞謎：「更何況哥哥入幫的頭幾年，非但錢沒賺到，還老像現在這樣送醫院呢！」

「這我知道。」周朔想起許國強被「疤臉」打的那副熊樣：「那又是為什麼？」

「哥哥加入幫派的確是為了讓我讀書，可是也不完全是錢的問題。」許慧如抬頭望著走廊盡頭，黯淡的臉龐頓時讓先前的天真傻氣消逝無蹤：「我們家重男輕女，就算哥哥打工賺再多錢，那些錢也輪不到給我讀書。」

「所以他才加入了幫派？」周朔稍稍明白了過來。

「哥哥說，我小時候常拉著他喊：『我想讀書，我想讀書！』但我一點都記不得了，只覺得讀書好討厭，怎麼可能說出這種話呢？」許慧如雙眼閃著淚光，嘴角卻勉強笑著：「但是看他那個樣子，我就在心裡告訴自己，絕對不能讓他失望。」

「他就是個傻子……」楊雙全在一旁喃喃說著。

「我也傻呀！」許慧如忽然高聲喊，把楊雙全給嚇著了，不過她不怎麼在意地繼續說著：「我就這樣一直傻著，找個喜歡傻子的有錢老爺嫁了不就好了，幹甚麼非要他這麼犧牲呢？以前看他每天這樣被人打，我做妹妹的會不心疼嗎？」

「今天的事情很抱歉，我們不會再讓他被打了……」周朔微微欠身。

「我知道你們對他好，不然照我哥那種傻性，不會這十年都活得好好的。」許慧如邊說邊擦著眼淚：「你要我勸他退出幫派，我就知道你是好人……不是說混幫派不好，就是我哥哥腦子太傻，再被人打就更傻了。」

「總之妳勸勸他吧！」周朔伸出手，手掌猶豫地懸在許慧如的肩上好一會兒，最後還是拍了拍她的肩膀：「妳是學法的，應該也知道，這種事情不能長久，現在我們家會長又跟市長槓上了，還是找個老實的工作安穩下來比較好。」

「我一直在勸他，可是他就老不聽我的話。」許慧如無奈地搖搖頭，望向周朔：「也還得請你們幫著勸他了。」

「我們差不多要走了。」周朔看了楊雙全一眼，確定沒別的事後，便站起身，許慧如看了也跟著站起，周朔對她點頭致意，又交代道：「等妳哥醒了之後，就告訴他阿朔來看過了，請他不用擔心，旅館街的事我會處理，讓他好好休息。」

「旅館街？」許慧如又倏地瞪大了眼：「他不會是碰了誰的女人吧！」

「沒有……」周朔想解釋，然而想想又覺得麻煩，只好先解決最重要的問題：「總之他沒對誰的女人怎樣，妳哥也不是這種人。」

「這樣我就放心了，女人比錢還要麻煩多了。」許慧如又露出天真的眼神。

「說得好像妳自己不是女人似的……」楊雙全又在一旁低聲說。

「我是普通的女孩子家，跟大哥的女人能一樣嗎？」許慧如聽了抗議道，不過又立刻收拾了表情，莊重地轉過頭對周朔微微欠身：「總之不管是甚麼事，之後都麻煩你了，我哥也託你關照了。」

「還是別讓我關照了，找機會勸勸他退幫吧！」周朔擺擺手，可是轉身走幾步又回過頭，誠懇地望著許慧如：「還有，讀書是件奢侈的事，別讓妳哥失望了。」

「我會加油的。」許慧如又略略欠身，便目送著他們倆離去。

「為什麼非得挑『福東宴』上來找會長呢？」許國強顫著聲音問道，此刻他和周朔人就站在一間小包間裡，左右各有兩扇雙開門，右側的門邊設有一套辦公桌椅，一名身穿深黑西裝的墨鏡大哥就坐在那裡一動不動，散發出懾人的氣場。

「現在會長神龍見首不見尾，福東宴是唯一能找到他的機會。」周朔的頭向右邊那扇門擺了擺，但似乎也是站瘆了，說話的同時彎腰捶了捶兩邊的大腿，還掃視房間一周，這房間乾淨得讓人絕望，全部就只有那套桌椅，而且還有人坐著。

「我們不交錢又浪費他的時間，甚至還踩了乾堂的旅館街，這不會讓他更生氣吧！」許國強打著石膏的右手細細抖著，作為吊帶的三角巾都像要引起共振：「就像你剛說的，會長現在那麼忙，也沒有多少時間能浪費在我們身上吧！」

「既然會長秘書都准了，就順其自然吧！」周朔的眼神往墨鏡男身上飄去，那人在周朔和許國強進門後就沒動過，整個人就像一座雕塑一樣。

「我說，」許國強湊到周朔耳邊悄聲道：「那個人該不會睡著……」話才說到一半，那位墨鏡大哥便大力咳了一聲，差點每把許國強嚇出病來，周朔倒是沒有失了方寸，忙咳著幾聲作掩飾。

「待會見了會長，可別亂說話！」周朔假意訓道。

「知道了。」許國強也配合地點點頭，然而過了一會兒又耐不住寂寞，傾身過來又低聲問道：「你猜猜那裡頭的人是誰？」

「福東宴快結束了，大概是不太重要的人吧！」周朔瞥了一眼右側的門說。

「我說，那些大人物來這裡也是這樣嗎？」許國強沒打石膏的左手按著腿，往小房間的四個角落望了望：「就像現在這樣一直站著，連張椅子都不拿給他們嗎？要是前一個人待得久了點，那腳不都要成鐵了，而且還是一堆廢鐵……」

「這房間看來沒其他椅子了。」周朔只簡短地應一句。

許國強盯著墨鏡男又悄聲說：「你說要是市長來的話，那傢伙會不會讓……」

沒想到這時墨鏡大哥又咳了一聲，周朔便輕拍了下許國強的腿：「他有在聽。」

「我知道，怪詭異的……」許國強驚魂未定地點了點頭。

「不過要是膽子夠大的話，那張桌子倒也是可以坐不少人。」周朔暗暗指了指桌子，這次墨鏡大哥不咳嗽了，周朔便大起膽子繼續說：「我想他們都來這麼多次了，應該隨身都會帶個凳子，而且還是那種可以摺疊的。」

「折凳嗎？那種東西沒辦法帶進去吧！」許國強搖搖頭，又有點忿忿不平地望著右手邊的門：「要是我的話，就刻意把自己的死對頭排在下一個順位，然後在裡面待久一點，能待就待個十天半個月，站也把他給站死。」

「其實我們也能蹲著啊！」周朔想到：「不然坐著也沒問題。」

「對啊！，反正鋪著地毯，看來不太髒。」許國強說著便坐下，抬起頭喜孜孜地望著周朔笑道：「為什麼不早點想到呢？這樣腿就不麻了……」

許國強話說到一半，右手邊的門冷不防地打開，嚇得許國強跳了起來。門裡走出的是一名身穿灰西裝的中年男子，手裡拿著一只乾癟的公事包，低著頭匆匆從他們面前穿過，推開左手邊那扇門走了出去，看也沒看他們任何人一眼。

「換你們了。」周朔和許國強愣了好一陣子，才發現是那名墨鏡大哥在喊他們，這也是他們第一次聽見那個人說話，說話的聲音就是普通的男性嗓音，並不如預想中嚇人，在他們恍惚間，墨鏡大哥又接著說：「晚了你們就麻煩大了。」

兩人一下清醒了過來，連忙應了聲「是」，便轉身推開了右手邊的雙開門。

儘管一人推著一扇，但那厚重的門板推來還是有些吃力，許國強因為右手包著石膏，單手推了幾次都推不開，周朔便拉著他從自己推開的那側門進去，側看可發現那門板的厚度非比尋常，難怪剛剛在小包間裡一點都聽不見門裡的談話。

開門迎面而來的是一座大長桌，桌子就從門口三公尺處一路往前延伸到房間正中心，整座長桌就這樣延伸了二十多公尺，長桌盡頭坐著一名身穿黑色禮服的微胖中年男子，他身後有一整面巨大的落地窗採光，使他斑白的頭髮有些耀眼。

「會長。」周朔略略一鞠躬，許國強則啞著嗓子跟著鞠躬。

「坐。」爾學義遠遠地對他們擺擺手，渾厚的嗓音在巨大的房間產生了共鳴。

周朔和許國強望著這長桌旁這兩排二十多個位子，一下也想不定該坐在哪裡，最後挑了最靠近門邊的末端兩個座位坐下。

「離我那麼遠啊？」那個嗓音又遠遠傳來，兩人都能感受到桌面的震動。

於是兩人又怯生生地站起，周朔重新掃視過了長桌，這次決定往會長的方向跨幾個大步，走到接近長桌的中心處，又往前走了一個座位的距離，拉開兩張座椅，便讓自己和許國強坐下。

「來我這裡吧！」在兩人坐定前，爾學義又說道，許國強差點沒嚇倒，周朔則是抬頭望向長桌盡頭，見到爾學義正對他們招手，並拍了拍右手邊的桌面。

許國強聽了一下僵住，左手護著右臂的石膏，不知該如何是好，周朔倒是爽快地站起身，將原本的椅子推回去，大步走向爾學義前頭的座位，拉開椅子坐下，並望向仍然坐在原處的許國強，示意他快點動作，後者才大夢初醒般站起身。

周朔回過頭望向爾學義，落地窗的採光不再那麼刺眼，讓他有辦法看清爾學義臉上蓄著的落腮短鬍，鬍子也如同頭髮一般，灰黑色中參雜著一點一點的白色，另外，爾學義臉上也散落著些許歲月的皺褶，此刻正目光如炬地回望向周朔。

「說吧！」在聽見許國強落座後，爾學義伸手示意他們開口。

「是這樣的，會長。」周朔身子微微向前傾，吐露開場白的同時順帶清了下喉嚨：「前幾天我們的貨被條子撈走了，這個月手頭可能有點緊，我們小的不懂事，斗膽地踩了乾堂的旅館街，特別為這件事來道歉。」

「手頭有點緊，又冒險踩乾堂的場子，代表你們這個月可能沒辦法把錢交全囉？」爾學義輪流望了望他們兩人，說了一段比先前都要長的話。

「是。」周朔慎重地點了下頭。

「踩了我的場子，又不打算按時交錢……」爾學義先把話懸了一會兒，又輪流看了看兩人，最後才冷冷笑道：「你覺得我幹嘛要為你們浪費時間？」

「報告會長，小的相當感激您願意花時間聽我們道歉。」周朔又低下了頭。

爾學義看著周朔低下的頭，饒有興致地笑著，那笑很難看出有沒有隱含危險，就在許國強快哭出來的時候，爾學義啪地拍了下手：「開玩笑的，上甜點吧！」

所謂的甜點，不過就是一片常見的起司蛋糕。

雖然不知道有錢人的飯局都是吃怎樣的甜點，但正是因為想像不到，所以當三盤隨處可見的起司蛋糕同時被送到三人面前時，周朔和許國強也暫時忘了爾學義就在近旁，瞬間露出失望的神色。

「這看起來雖然是普通的起司蛋糕，但聽說起司是法國哪座山上挖來的……總之我對有錢人的東西沒興趣。」爾學義用小湯匙撥弄著蛋糕，忽然抬起頭望向他們倆：「但『有』、『錢』、『人』這三個字拆開來看，我興趣就大了。首先，『有』，不管甚麼東西，我一定要『有』，管他是實際的車子房子，還是懸在頭上的名位頭銜，又或者是這塊我也不清楚哪裡來的法國起司……」

「是藍帶起司吧！」許國強忽然在周朔背後答聲，讓周朔嚇了一跳，轉身望去，許國強已經用小湯匙將蛋糕切了好大半，沾著奶油的嘴又接著說：「這和藍帶豬排吃起來一模一樣，法國有個廚師學校就叫藍帶……」

「會長，」周朔暗暗踢了下許國強的腳：「對不起。」

「沒關係，原來這東西叫藍帶啊……」爾學義又用小湯匙翻了翻蛋糕，一會兒才又接著說：「剛剛說到哪……『有』吧！再來『錢』跟『人』就單純了，『錢』當然是越多越好，因此如果你們錢沒交齊全，就會讓我很不開心。」

「對不起，會長。」周朔又稍稍欠身。

「我知道，你最近被條子盯死了吧！」爾學義望著周朔說道，後者聞言驚愕地抬起了頭，爾學義微微彎起嘴角：「混到我這個位置，總不能對下面的事一無所知吧！尤其現在條子在福東會裡安了鬼，是人是鬼，我還是要有點概念。」

爾學義說到這裡便打住，周朔不確定他話裡的意思，因此不著痕跡地對桌上的小湯匙施了點力，雙腳也調整成方便躍起的狀態，不過眼裡儘量保持著自然，一語不發地回望著對方。

「我也注意到，坤堂之前幾乎從沒掉過貨吧？」爾學義又轉了個話題，不過這次很快接著說：「會裡有些流言，我一開始挺懷疑的，不過這次看來又不是這麼回事，你的背景也挺乾淨的，說起來……你跟了我快十年了吧？」

「我沒去記，不過差不多有這麼長的時間。」周朔壓著情緒回答。

「我想想，接著要講到『人』這個問題上頭了。」爾學義終於移開視線，低頭又撥弄了蛋糕幾下後，冷不防地用嘶啞的嗓音低聲說：「你們知道嗎？就在昨天晚上，乾堂的堂主死了。」

「甚麼？」周朔驚訝地瞬間鬆開原先捏著小湯匙的手，而身後的許國強更是誇張地咳了起來。

「你們跟我這麼久了，應該都知道，乾堂是我自己的人馬。」爾學義輪流望著兩人，眼神一下變得哀悽：「這件事真的讓我很難過啊！尤其是少了這個多年栽培的左右手，更難過的是當我知道他是條子的鬼的時候……」

周朔一下明白了過來，便端坐了身子說：「會長請節哀。」

「阿朔，你不會讓我難過吧？」爾學義沉重地對周朔問道。

「不會的，會長。」周朔毫不猶豫地回答。

「如果知道了有誰是『鬼』，你會親手殺了他嗎？」爾學義又問。

「會。」周朔堅定地點了點頭。

「你呢？」爾學義稍稍側過頭，望向許國強。

「我……我當然也會。」許國強輕咳了聲後也回答。

「這盤給你吧！看你挺喜歡的。」爾學義將桌上的起司蛋糕推向許國強，許國強自己的盤子已經乾淨得像新的一樣，左手握著的湯匙也閃亮發光。

「謝謝會長。」許國強又舔了下左手拿著的湯匙，便用空出的右手接過盤子，但因為右臂打著石膏，這麼一揮把自己的盤子給撞了一下，發出不小的聲響，周朔和爾學義的目光頓時都被吸引到那條打著石膏的臂膀上。

「你的手……」爾學義打量著懸在半空的右臂：「沒事吧？」

許國強先是愣了個兩三秒，才做作地喊了一聲，並撫著自己的右臂接著說：「唉喲！醫生要我不能亂動了，看這樣又要痛上好幾個禮拜了……」

「會長，您就當沒看見吧……」周朔無奈地嘆了口氣。

「那就回到剛剛的話題吧！我剛剛說到哪……關於『人』的話題。」爾學義也很快打理好心緒，將小湯匙放到一旁的餐巾紙上，就接著說道：「條子這一兩年送了不少『鬼』進來，我也試著送幾個過去，你知道最大的區別是甚麼嗎？」

「不知道。」周朔乾脆地搖搖頭。

「條子有它的訓練機制，要爬上我們可以利用的位子，總需要個七八年，但我們有急用，所以只能靠買通，可是買的總不比養的好。」爾學義的手在扶手上轉了轉：「條子要送鬼進來就容易多了，因為我們缺人手，招進來的人就比較雜。」

周朔不知道該應甚麼，只能點點頭。

「所以你們這些入幫十多年的兄弟，對我來說就相當重要。」爾學義輪流望著兩人，最後視線停在周朔身上，又偏過頭嘆了口氣：「不過昨晚的事情又讓我見識到，就算是那麼多年的兄弟，也未必能全都信任。」

忽然爾學義又陷入沉默，只能聽見許國強用湯匙刮擦盤子和咂嘴的聲響。

「阿朔，我信任你。」爾學義忽然回過頭望向周朔，後者只是靜靜地回望，等著爾學義接著說：「乾坤兩堂是福東會最早的堂口，儘管後來分八堂將坤堂稀釋了，可是我對這個招牌還是有感情在。」

周朔悄悄往後踢了一腳，畢竟許國強弄出的聲音有點大。

「阿標的事情我知道了，作為兄弟，我會讓福東會裡的律師過去幫忙，我也知道最近坤堂被盯死，既然沒辦法送貨，就暫時別送了。」爾學義轉了轉手上的小湯匙，過會兒才接著說：「相對地，我希望你幫個忙。」

「會長，小的絕對全力以赴。」周朔慎重地點了下頭。

「爽快，我就喜歡你這樣的。」爾學義說著豎起大拇指，然而又隨即臉色一沉：「不過說實在的，最近那麼頻繁地丟貨，把我搞得有點煩了，阿朔，你知道為什麼我們老丟貨嗎？」

「因為……」周朔想了想，決定正面回應，畢竟沒有逃避的理由：「有『鬼』。」

「不完全是鬼的問題。」爾學義搖搖頭：「有部分是像你那樣，被條子給盯死了，然後就動彈不得，想想，條子為什麼盯你？因為你是福東會的人，福東會現在就是個原罪，送個快遞也會被當成在賣白粉。」

「會長說的有理。」周朔適時應了一聲。

「因此只要繼續用自己人送貨，這白粉生意就沒有平靜的一天……」爾學義懸著這話頭一會兒，接著才望著周朔問道：「你覺得這該怎麼辦？」

「外包？」周朔不確定地回答。

「沒錯，你果然是有慧根的。」爾學義又豎起拇指，這時臉上的表情明亮了起來：「以前我們讓他們用漁船送到海上、用貨櫃送到海港、用人肉夾帶過關口，但最終都要福東會的人接頭，所以條子只要順著摸就抓到一大把……那麼現在就換個方法，我們不只讓外頭的人把貨送進來，還讓他們送到指定的地方，用甚麼方式我們不管，就各憑本事，到時候貨過來多少，我們就買多少。」

周朔看出這個計畫的破綻，可是他知道爾學義一定有後話，便忍著沒講。

「不過你一定也想到了，如果條子就在那指定的地點蹲著，我們不就被一鍋端了嗎？」爾學義微微彎起嘴角，然後又搖了搖頭：「當然我們得挑一個他們蹲不起的地方，一個他們就算知道了也不敢靠近一步的地方。」

「旅館街。」周朔淡淡念出這個名字，倒是把背後的許國強給嚇了一跳。

「沒錯，就是我們早先聊到的旅館街。」爾學義對許國強笑笑，像逗弄老鼠的貓：「儘管我現在跟條子的老大槓上了，但是他底下的膽小鬼還是一步都不敢靠近旅館街，沒有一個條子能四肢健全地走出那塊地。」

「會長，我錯了！」許國強冷不防地在周朔後頭喊了一聲。

「你沒錯，除非你就是條子，那可就大錯特錯了。」爾學義擺擺手，然後接著說：「所以我就打算讓那些供貨商把白粉都送來旅館街，挑個日子一次結了，那幫泰國佬各憑本事帶進來，要貨的也約來旅館街，各憑本事把貨帶出去。」
「像仲介一樣？」周朔問。
「對！」爾學義讚許地隔空用力戳了戳周朔：「雖然錢賺得少了點，可是這世道就是這樣，當莊家才能穩賺不賠，而且這單夠大，就算抽的成數少了，還是能抵過你們所有堂口半年上交的錢，如果貨進來的多，甚至你們之後都不必做了。」
「那坤堂的工作是？」周朔試探地問。
「要你是條子，你會怎麼做？」爾學義像沒聽見似的，讓人摸不著頭腦地反問：「要我是條子的頭，肯定讓幾個條子進來埋伏，弄個假名訂幾間旅館，到時候交易時傾巢而出，儘管他們單獨一個都沒膽進旅館街，但浩浩蕩蕩地就能壯膽。」
「會長要我們將條子轟出去？」周朔又問。
「這件事需要的人手多，乾堂的人忙不過來，你們乾坤兩堂就一起幹吧！」爾學義看周朔又要說話，大手一揮制止了他：「我知道你擔心你們之前的衝突，但是現在堂主換了，你們應該能合作愉快。」
「知道了，會長。」周朔又將頭低了下來。
「你們出去吧！我已經讓乾堂的新任堂主在外頭等著了，你們先打個招呼，什麼新仇舊恨都先放一邊，等等他進來了，我會再跟他說的。」爾學義揮了揮手，眼角卻瞥見周朔面前那塊完好的蛋糕，又問道：「你不吃嗎？」

「不好意思。」周朔拿湯匙插起整塊蛋糕，送到嘴裡一口吞下。

「豪氣！」爾學義又豎起大拇指，便擺擺手讓他們離開。

周朔和許國強鞠躬謝過爾學義，轉身快步走向包廂門前，想著外面站著乾堂新堂主，兩人腳步便凝重了起來，儘管換了個人，不過難保不是當天對許國強動手過的乾堂弟兄，就算不是，也未必會給他們好臉色看。

就在這樣的猜疑中，兩人一齊推開了雙開門，許國強也顧不得裝病了，兩手都貼到了門上使勁推，因此這次兩扇門都一齊開了，就在包廂門大開的瞬間，兩人也看清了來者的面孔，卻也一齊僵住了腳步……

那個人，就是乾堂的新任堂主嗎？

周朔緩緩回過頭，想確認爾學義此刻臉上的表情，可是爾學義的輪廓又在逆光下成了一道剪影，因此他只好將視線調轉向前，確認自己是否真的看清了來者的面孔，並祈禱著方才的一切都只是幻覺。

然而祈禱顯然沒有奏效，因為站在他們面前的，正是多年不見的「疤臉」。

過場　黑幫老大的布局

「疤臉啊！這可有趣了……」郭警官嘲諷地拉高語調：「說實在的，只是拿刀砸了家早餐店，十年也夠久了。」

「辰哥也不是隨口說說，他當年恫嚇了跟著『疤臉』去早餐店的那幫小弟，勉強扣了個『組織犯罪』到他頭上，要不然如果只是拿刀砸早餐店的話，或許連三年都不用。」周朔淡淡笑了笑，只是那笑不知為何帶了點苦澀：「不過『疤臉』也沒關到十年，不然怎麼可能一出現就混上堂主？他被判了六年，後來因為在監獄滋事，又被延了一年，七年後才出獄，花了三年混上堂主的位置。」

「三年也夠厲害了。」郭警官嘖了聲：「這三年你都沒注意到他？」

「入獄的頭幾年還我還會向辰哥打聽，怕他提早假釋或怎麼的，可是後來知道他的刑期被延了，而我在坤堂的地位也站穩了，也就沒怎麼過問他的情況了。」周朔側著臉說著：「出獄後的三年間，他沒有回到坤堂的地盤，甚至也沒加入爾幫，就是一般小混混，因為爾幫擴大白粉生意，他多少也參與了些，大概是因為這樣才被會長發掘，之後或許也查了他的背景，像先前說的，那時爾學義仰仗我們這些老的、背景乾淨的，因此就讓他空降乾堂堂主。」

「爾學義知道你們的過節嗎？」郭警官饒有興致地問。

「我不知道，我沒問，也沒必要猜。」周朔搖了搖頭：「爾學義那時候陰晴不定，就算不是臥底，也是伴君如伴虎，他怎麼想不重要，重要的是幾件事：怎麼把交代的事情辦好、怎麼避免會長起疑、怎麼活下去。」

「旅館街！」郭警官忽然大力拍了下大腿：「聊聊旅館街的事吧！」

「別著急，我先給你講個故事。」周朔淺淺地笑笑：「你或許聽過旅館街那件破事，卻未必了解旅館街的歷史，如果不了解歷史，你就沒辦法理解這件事的起因，不理解為什麼爾學義選定那塊地，也不理解為什麼警方都不敢接近那裡。」

「我多少查過點資料，不過你愛說的話就說吧！」郭警官無所謂地擺擺手。

「你還年輕，就聽我嘮叨幾句吧！」周朔又笑了笑：「旅館街是都市計畫的產物，爾幫因為在政府裡面有人，事先就把那條街的地都買下來，起初是為了炒地皮，只是後來遇上房地產泡沫，那塊地反而乏人問津，這時爾學義下了個決定。」

「建一整條街的旅館？」郭警官接口說。

「旅館街的名號就是這樣來的，也有人把它稱作情人巷。」周朔點點頭：「不只旅館，爾幫還在這裡經營地下舞廳和賭場，一開始只是風聲，後來越演越烈，警方想介入時已經太晚，爾學義已經透過政商關係建立好了保護傘。」

「那後來呢？為什麼警方和爾幫開戰後還不敢碰？」郭警官又問。

「的確，地下舞廳和賭場是爾幫重要資金來源，兩方開戰之後，警方就大動作掃蕩了幾次，因此舞廳和賭場就被迫關閉了，不過旅館這樣的合法生意還在，就以合法掩護非法，色情和博弈事業就在旅館內和警方打游擊。」周朔接著說：「當然警方也想過臥底和釣魚執法，可是那些深入敵營的孤軍下場都很慘，也就是爾幫當時宣稱的：條子有膽子進來，怕是沒腿走出去。」

「囂張啊！」郭警官冷哼一聲。

「這就是一般人看到的表象，大多數的市民都覺得，市長在和黑道宣戰後，黑道的行徑越來越猖狂，卻沒想到正是警方將黑道逼上了絕路，他們才需要用這種手段奮力掙扎。」周朔撇嘴說道：「旅館街是乾堂打理的地盤，那些打斷胳膊和腿的工作也主要是他們在做，打了幾次之後，就少有警察敢來了，因此工作量也不算太多，但白粉的交易肯定會吸引大隊人馬進來，到時一個堂口的人手肯定不夠，坤堂就是在這樣的背景下被推進了旅館街。」

郭警官點了點頭，右手食指在桌面上不時點著，似乎在權衡著甚麼，接著他抬起頭，罕見地對周朔露出一抹還算友善的笑容：「我想，接下來該說說旅館街那件破事了吧？」

第二幕（下）　英雄的眼淚

第一章　宿敵與內鬼

周朔領著一行人長驅直入地走進旅館街，在一棟挑高誇張的飯店前停了下來，飯店門楣上掛著一塊匾，以行草寫著「雲雨館」三個大字，周朔身旁跟著許國強，後頭還領著楊雙全、老四「阿德」和幾個身材不算瘦弱的小弟。

然而周朔才一踏進飯店門，大廳內原先或坐或站的十數個黑衣人便圍了上來，楊雙全看了隨即向前跨一大步，倒是許國強一下僵住身子，把身後幾個小弟給堵了，周朔見楊雙全還要往前走，連忙伸手攔住他，並擺手示意其他人別輕舉妄動。

對面那群人當中也有個人抬起了手，包圍的態勢便停下了，那人從人群中走出，是身穿短袖黑襯衫搭西裝褲的青年，雖然身形沒有特別壯碩，身高卻硬是比周朔高了一顆頭，此刻他雙手扠著口袋，不以為然地側著臉打量來者。

「坤堂堂主周朔。」周朔先自報名號：「今天約了乾堂堂主。」

「乾堂何萬章。」領頭的那人擺擺手：「我們堂主早死了。」

「我來見疤臉。」周朔很快改口，眼睛眨也沒眨一下。

何萬章聞言立時轉了正臉看了眼周朔，冷冷笑了笑：「算你還識相。」

「那我們能進去了嗎？」周朔聽了只問著，不打算正面回應。

「要放你們進去也可以，我恨不得你們進去弄死那個頭上帶疤的。」何萬章咬著牙說著，想了一會兒又搖搖頭：「不過他畢竟是會長叫來的人，管他是不是堂主，我們都得讓他活著。」

「我們沒想弄死他，今天就是來談工作的。」周朔面無表情地說。

「你還挺能裝的嘛！」何萬章衝著周朔的臉哼口氣，弄得周朔額上髮絲飄了下，何萬章並饒有興致地左右打量著他：「我聽過你的故事，你和那個帶疤的有過節吧！」

「都是小時候的事了，那時大家都不懂事。」周朔擠出一個虛假的微笑。

「臭小子，帶個破書包，真以為自己是文化人啊！」何萬章扯了下周朔側背包的帶子，楊雙全看了便想往前衝，被周朔伸手攔住，何萬章先是笑著看了看楊雙全，又回頭看向周朔：「總之我們這裡有規矩，你得一個人進來。」

「我也進去！」楊雙全聽了便立刻在一旁喊。

「沒關係，他們還沒那個膽子，我是為會長做事的。」周朔對楊雙全搖搖頭，轉頭看向背後的小弟：「更何況這群人還得讓你看著呢！你還是待在外面好些。」

「別搞得像訣別一樣，行行好就走了。」何萬章說著便轉身往裡頭走去，那群黑衣人一下讓出了一條過道，周朔也沒再多說什麼，舉起手朝後頭揮了揮，就頭也不回地跟了上去，等何萬章和周朔都通過了，黑衣人又瞬間圍起了人牆。

何萬章之後便一言不發，沉默地在周朔前頭走著，而周朔也不打算緊跟著，何萬章也沒有放慢腳步讓他跟上的意思，徑直走向飯店大廳底部的會客室，推開了霧面的玻璃門，進了門也沒替周朔擋門，就這樣讓門自己又闔上。

周朔稍稍推了下半閉的門，閃身進入會客室，儘管明亮的會客室藏不了什麼危險，不過玻璃門畢竟是霧面的，外頭看不清裡面，因此周朔進門就很快掃了一眼內部配置，裡頭空曠得異常，只設置了兩張沙發椅，甚至也沒有茶几。

疤臉就坐在離門較遠的那張沙發椅上，周朔進門時，何萬章正要在近旁的另一張沙發椅上坐下，兩張沙發椅雖然相對著，卻又稍稍錯開一個小角度，讓氣氛不致那麼劍拔弩張，儘管疤臉沒望向對坐的何萬章，也沒望向剛進門的周朔。

「讓客人坐。」疤臉粗啞的聲音說道，周朔這才想起，這似乎是第一次聽見疤臉的聲音，雖然過去交手過，卻沒說上一句話，儘管粗啞的聲音和疤臉的形象相符，卻又有那麼一點違和感，和周朔幾年來在腦中自行揣摩的嗓音稍有不同。

「我看你就只會耍這種小手段吧！」儘管疤臉沒看向任何人，然而何萬章似乎也清楚對方就是在對他說話，因此沒好氣地應道，不過右手輕拍著沙發扶手想了想，最後還是站起身：「沒事，我自己拿一張椅子！」

「謝謝。」周朔向何萬章點頭致意，就坐上了那張有些溫熱的沙發，過程中周朔一直將側背包往身後挪，就算疤臉似乎沒看向他，無論如何就是小心為上。

「那我們的工作區塊就以這棟雲雨館為界……」疤臉忽然就開始說話。

「喂！怎麼現在就開始談工作？」原先走向門口的何萬章又氣憤地折回來：「這什麼意思？是趁著我不在了，趕緊就把工作給談了嗎？」

「還需要等其他人嗎？」疤臉還是沒看向任何人，只是挑了挑眉。

「別裝傻，雖然我老大死了，這裡也不會是你說的算！」何萬章指著地上吼著：「你就是個外人，我哪知道你會不會把乾堂賣了！」

「你的老大是條子的鬼，是他把乾堂給賣了。」疤臉頭也不抬地回應。

「他做鬼都比你強！」何萬章義憤填膺地走向疤臉，朝著疤臉那理著小平頭的頭頂又吼：「我不知道你是用了什麼方法陷害他，總之我老大不是這種人！」

「你在懷疑會長嗎？」疤臉第一次抬起頭，直直望向何萬章。

「別拿那套唬我，沒用！」何萬章撇嘴吼罵道。

「還是說，其實你也是條子的鬼？」疤臉仍舊沒移開視線。

「你……」何萬章鼓脹著臉，一下子說不出話。

「我明白了。」這時周朔忽然開口，何萬章疑惑地望向他，而疤臉的反應沒那麼大，只是靜靜地將視線從何萬章臉上移開，又回到先前的姿勢，冷然地望著前方，周朔先是看了何萬章，又看向疤臉：「會長不相信你，也不相信他。」

「你也來找碴嗎？」何萬章雖然又罵，不過這次火氣和緩了許多。

「你的老大剛出事，身為他的手下，被懷疑是很自然的，所以會長沒讓你頂上你老大的位子，而是讓一個外人來壓著你。」周朔先對著何萬章說道，接著轉頭看向疤臉，後者似乎不打算回應他的視線，周朔望了他好一會兒，才又回過頭看向何萬章：「至於他，按你的說法，是他揭發了你們家老大，不過會長也不完全信他，因此他才沒辦法把你弄走，你們兩個越對立，會長或許越高興，因為這代表你們當中一定有一個不是鬼，也才能夠互相監視。」

「說起來，會長也不信你，我們三個人就是互相監視。」疤臉終於抬起頭，正眼望向周朔：「所以不要再糾結信不信的問題，可以來談談工作了嗎？」

「總之，你們最後決定將旅館街切三份，你、疤臉、何萬章。」辰哥撫著下巴的短鬍作了結論，手指在一旁的水塔上點著，望著遠方的群山沉吟道：「疤臉沒手下，他怎麼管旅館街？」

「他總是單幹，但是到哪裡都有人看上他頭上那塊疤，乾堂裡頭的人也一樣。」周朔背倚著另一座水塔，視線也望著遠方：「儘管他是空降的，在乾堂裡的聲量不比何萬章，勢力卻也不算小。」

「這小子也真有一手啊……」辰哥摩了摩下巴，點著頭咂了咂嘴。

「你怎麼知道他沒手下？疤臉的事你應該今天才知道吧？」周朔仔細打量著辰哥的表情，挑著眉問道：「還是說你早知道了？」

「我的確不知道他進爾幫的事。」辰哥別過臉，從口袋摸出一條口香糖。

「可是你早知道他出獄了吧！」周朔死盯著辰哥的後耳逼問。

「別用這種眼神看我，」辰哥拆了包裝把口香糖扔進嘴：「是你沒問。」

「沒問就不說嗎？我可是為著這個人加入黑社會的呢！」周朔瞪著他。

「別說得那麼委屈，我看你最近倒是幹得挺開心的。」辰哥也斜了他一眼，不過隨即又嘆了口氣：「但是說真的，就算疤臉死了，你會洗手不幹嗎？這些年沒聽你問過疤臉，他在或不在，對你來說已經沒關係了吧！」

「別想這樣就轉移話題。」周朔雖然這麼說，這會兒卻換他別過臉去。

「你不會是真想幹到爾幫老大吧！」這下也換辰哥打量著周朔。

「這不就順了你的意嗎？等會長被鬥倒了，一切就結束了。」周朔迎上辰哥的視線，也從口袋裡取出了一條口香糖，撕開包裝扔進嘴裡嚼了嚼。

「要怎麼結束？難道要我抓你嗎？」辰哥也輕佻地回應。

「你不是挺想這麼做的嗎？」周朔半真半假地笑著。

「別鬧了，你這小子都還不知道能活多久，人倒是挺快活。」辰哥也半笑著搖搖頭，不過又倏地臉色一沉：「爾學義現在誰都不相信，你要小心一點。」

「三個都不相信，至少分攤了風險。」周朔一臉輕鬆地邊說邊嚼。

「旅館街的事情，道上其實也有點風聲，就算警方不敢在旅館街佈線，總能在附近加強臨檢，甚至一大隊追進旅館街也沒問題。」辰哥撫著下巴的短鬍沈思：「不談內鬼，乾堂和坤堂底下肯定有幾個大嘴巴，你覺得爾學義怎麼想的？」

「貨已經到了，這幾天應該就交易。」周朔很快下結論。

「的確有這種可能，所以才不擔心下面的人走漏風聲。」辰哥點點頭，嘴巴嚼著的動作似乎又更頻繁了些：「只要警方不確定貨的位置，拿不到搜索票，貨就暫時安全了，現在爾學義最擔心的，應該是交易時警方帶大隊人馬闖入。」

「如果人贓俱獲的話，這次就真的賴不掉了。」周朔露出自信的微笑。

「對於警隊的搜索，他應該會來硬的。」辰哥搖搖頭：「到時候不只乾坤兩堂，可能所有的堂口都會到旅館街跟警方對峙，所以他現在最擔心的事，就是他自己跟你說的那樣，如果警方事先埋伏在旅館內，他們就沒轍了。」

「要我把你弄進去嗎？」周朔微微一笑，把口香糖推到齒前。

「你瘋了嗎？你自己也說了，你們三個現在就是互相監視。」辰哥冷哼了一口氣：「更何況裡頭還有個疤臉，你想讓他找到機會弄死你嗎？」

「不然怎麼辦？什麼都不做？」周朔說完將齒前的口香糖吐成泡。

「也不至於甚麼都不能做。」辰哥仰著頭深思著：「如果貨已經到的話，代表那群人已經搬入旅館街一陣子了，這翻一下旅館的登記資料應該就可以知道，另外還可以向清潔人員打聽一下，有哪幾間房不讓人打掃。」

「我這樣就不會被弄死嗎？」周朔露出作弄人的微笑。

「你們不也得找出潛進旅館街的警察嗎？難道你以為他們穿著制服進去？」辰哥回以周朔一個白眼：「如果是警察進去蹲點的話，一樣會減少換房頻率，同時怕出紕漏，也不會讓清潔人員進來，不然就是讓清潔人員在自己的視線下打掃。」

「那找到之後怎麼辦，把他們當成條子毒打一頓？」周朔仍舊笑著。

「要是你把帶貨的人打跑了，就算爾學義不知道你是內鬼，也會把你宰了。」辰哥搖搖頭：「而且這事得低調點，找警察只是萬不得已的說詞，最好不要讓人知道你在那些貨商身邊晃來晃去，爾學義現在誰也不信，也未必會信你。」

「那我得怎麼辦？就放著不管嗎？」周朔這時才認真地問。

「最重要的是確認這些人的身分，要一網打盡也比較方便些，不過這些人對你來說應該都是生人……」辰哥又仰著頭想了想，一會兒後才接著說：「拍相片吧！這類人尤其不喜歡叫外送，所以總得出來買三餐。」

「想也是，電影裡的外送員都是警察扮的……」周朔低聲咕噥。

「不過也別太勉強，如果時機真的不允許的話，沒拍到也無所謂。」辰哥說完又開始嚼著嘴，視線避開了周朔，鞋尖還不時踢著水泥地面。

「你變了，」周朔望著辰哥：「變膽小了。」

「錯，是變老了。」辰哥右手伸進長褲口袋，掏出一把木質外殼的瑞士刀，翻出裡面的刀片，舉起刀面到眼前照了照，左手則撥弄著頭髮，最後拉起其中一根頭髮，湊到周朔面前：

「白頭髮。」

「才一根？你也太神經質了吧！」周朔皺了下眉頭，嫌惡地往後退：「雖然你的年紀也不該稱作少年白，但一根白頭髮就要說自己老了，你該去看看精神科。」

「去精神科找個美麗的女醫師嗎？」辰哥哼了口氣笑笑。

「你也該結婚了吧！」周朔作弄地親暱問道：「有沒有女朋友啊？」

「別這樣，怪噁心的。」辰哥誇張地聳起肩，雙手交互搓了下肩膀，最後卻又板起臉說：「你先管好你自己吧！」

「那些相片你什麼時候要？」周朔也頓時臉色一沉。

「不急，等你好了再聯絡我，只是你現在離爾學義太近，一舉一動都在他的視線範圍內，暫時先別見面了。」辰哥從口袋抽出包裝紙，將嚼得發白的口香糖吐在裡邊包好：「我們就按電影演的那樣，你把資料放在一個地方，我再過去拿。」

「又是天台又是電影的，你這個人還挺有情懷的嘛！」周朔笑道。

「還是認真勸你一句，小心疤臉，別讓自己死了。」辰哥沒笑，反而異常嚴肅地望著周朔：「這不是電影，只要一不小心出錯，就看不到結局。」

周朔坐在飯店櫃檯裡頭翻著住宿登記簿，旁邊站著許國強、飯店警衛和一名接待員，警衛和接待員看來都有點緊張，交握在身前的雙手不時搓揉著，許國強則是滿臉無趣地翻著櫃檯裡的雜物，又不時探向周朔正翻著的登記簿。

「你知道怎麼分辨一個人是不是條子嗎？」許國強忽然湊向周朔問道。

「不知道。」周朔想也不想便回答。

「總之，先找來一口黑色的鐘……」許國強先是神祕兮兮又自信十足地做開場白，可是說到一半又不知怎地卡住了，在同個點上跳針起來：「也不知道為什麼要說『一口』，是說像一口酥那麼小的意思吧！或許就是一塊錶……」

「然後呢？」周朔大概猜到是甚麼故事，不過他現在沒心情替許國強說完。

「總之就當他是一塊錶吧！」許國強也沒糾結太久，很快繼續說道：「你把一塊黑色的錶放在帳篷裡，要一群人排隊去摸，然後告訴他們，如果誰是條子，摸了錶就會響，就像鬧鐘那樣……然後你猜猜怎麼了？」

「不知道。」周朔隨口應聲，手還是不停地翻著房客登記簿。

「阿朔你那麼聰明，肯定是知道的，別這樣敷衍我。」許國強難得看出了周朔的心不在焉，卻仍舊沒意識到周朔是為了甚麼事而心不在焉。

「鬧鐘響了，然後就抓到條子了。」周朔不得已地配合演出。

「果然，就算阿朔那麼聰明的人，也猜不到這故事的結局。」許國強聽了樂呵呵地改口說道：「最後是那個條子沒有去摸那塊錶，所以手沒沾上塗在錶上的墨汁，一攤開手就檢查到了。」

「你這故事是聽別人說的吧！」周朔總算抬起頭，冷眼望著許國強。
「呃不是……對。」許國強看周朔認真的表情，也不敢狡辯。
「那就對了。」周朔又低下頭，邊翻著房客登記簿邊接著說：「如果別人也聽了同樣的故事，還會踩進這個陷阱嗎？」
「我會想到一個更好的……絕對有更好的！」許國強說著自己點了點頭。
「你就不能去幹點別的事嗎？」周朔終於不耐煩地問道。
「我就覺得待在你身旁安心點，」許國強誠實地回答，又有些不好意思地笑笑：「畢竟是乾堂的地盤嘛！而且我之前又惹出那樣的事……」
「那你不會去找阿全嗎？」周朔又皺起眉頭。
「不瞞你說，我小時候被疤臉打的時候，阿全也是被打得很慘啊！」許國強說著拍了拍周朔的肩：「所以這麼多人裡面，我就只相信你。」
「我們是幫會長做事，他們不敢動你。」周朔又低頭繼續翻著本子。
「我就是在幫會長做事嘛！這不就在想怎麼找出條子了嗎?我不像你們身手好，我全身唯一的用處，就是腦子好了點。」許國強說著，得意地指了指自己的腦袋：「我動腦，你動手，這樣的組合簡直無敵了。」
「還真是無敵啊……」周朔只敷衍地應一句。
「那你現在又在幹甚麼?」許國強又湊向周朔，也不顧周朔的臉色，就翻起登記簿的封面，見了封面又瞪大了眼，猝不及防地高聲喊道：「你該不會傻傻地想從這麼一大本資料找出條子吧！這種動腦的事就交給我吧！」

「我……」周朔本想說些甚麼，但遲疑了一下，眼神飄向一旁的警衛和接待員，儘管那兩人從頭到尾都沒望向他們，不過還是讓周朔回憶起了辰哥告誡的話，所以他很快轉而反問許國強：「你知道為什麼其他堂口丟了貨還能勉強撐著嗎？」

「怎麼突然談這件事？」粗枝大葉的許國強難得挑了挑眉。

「我發現，他們是跑去幫那些放高利貸的堂口催債。」周朔沒搭理他，兀自說下去：「我這幾天也找到了一點門路，我聽說其中一個債主躲到了旅館街，所以我在想著怎樣把他找出來。」

「躲在旅館街啊？」許國強一下沒能消化那麼多訊息。

「對啊！」周朔連忙點了點頭，又繼續一個勁地說：「你想想，外面的堂口不敢在旅館街惹事，要我是債主的話，我肯定也是躲旅館街，不過這只能為難外頭的人，既然我們現在進來了，不就可以好好利用一下地主優勢？」

「也對。」許國強雖然連點著頭，然而從表情看來是被繞得更迷糊了，果然抬起頭又問：「我們現在還缺錢嗎？」

「不缺，因為現在幫忙照顧旅館街，所以『暫時』不缺錢。」周朔在適當的字詞上加重語氣，又接著說：「只不過現在也不是個常態，旅館街就是一次性的任務，之後還是得靠自己，再說了，錢多賺一點也不是壞事吧！」

「可是我們偷偷做這種事行嗎？」許國強壓低聲音，瞄向警衛和接待員。

「沒問題，這也不是甚麼大不了的事，而且我們不也得找條子嗎？」周朔也學著許國強壓低聲音：「不過這說法也是萬不得已才用，這事不能太過張揚，否則我們大張旗鼓說要找條子，最後卻找到一堆債主，這樣能不被懷疑嗎？」

「也對，這件事要祕密進行……」許國強說著把手指放上嘴唇。

「那你現在最好離開，這樣我們才不會太顯眼。」周朔附到許國強耳邊說。

「好……呃……好。」許國強似乎還有點不甘願，但還是把身子轉向門口。

「你先去阿全那邊吧！」周朔故意高聲喊，並神經質地瞄向警衛和接待員。

「好，我就去阿全那邊。」許國強不自然地高聲應道，儘管過程中警衛和接待員都沒正眼看過他們倆，可是許國強還是僵硬地邊做戲邊走向門口：「我這就去阿全那邊，看看他有甚麼需要幫忙的，你有事再來找我。」

周朔見他離開了，暗暗舒了口氣，又開始一頁頁翻著登記簿，因為剛剛思緒被許國強打亂了幾次，所以他除了往後翻外，還回頭翻了幾頁，過程中手指不時在一旁的桌面點著，最後啪一聲闔上這厚重的本子。

「請問廁所在哪裡？」周朔轉身向一旁的警衛和接待員問道。

「呃……」兩人先是互相看了對方一眼，顯然不知道應該由誰回答，因為周朔的視線輪流掃過兩個人，沒有特別停在哪個人身上，最後是接待員先開了口，她的手往飯店深處一指：

「往前走右轉，看到指標後左轉就是了。」

「謝謝您。」周朔向對方點了點頭，便往接待員指的方向走去，一開始周朔的步伐輕鬆自然，但是在彎過轉角之後，他瞬間加快了腳步，掏出口袋中的口香糖，剝開一片放進嘴巴嚼，邊嚼著嘴裡還邊唸唸有詞，右手還焦躁地在半空中點著。

進了廁間後周朔立刻轉身將門反鎖，掏出剛剝下的包裝紙，拿起筆在上頭快速抄寫數字。

第二章　是內鬼就見不得光

在旅館客房外的走廊上，一名身穿飯店制服、戴著鴨舌帽和口罩的精壯男子，雙手漫無目的地在一旁的工作車上下擺弄著，工作車就停在一間敞開的客房門口，有時他會拿個甚麼東西進房間裡東碰西弄，然而基本上都沒完成甚麼工作。

而且與此同時，他的視線很少離開過走廊的某一側。此外，雖然全身上下包得密不透風，但是如果仔細看的話，那唯一裸露在外的雙眼早已曝露了信息，或者光看那銳利的眼神就可以知道，這名清潔工打扮的男子就是周朔。

忽然，走廊一側的某扇門開了，裡頭走出一名高壯的黑衣男子，臉上還戴著足以遮住半張臉的運動型墨鏡，周朔看了很快翻弄了一下工作車，男子受聲響吸引而看向周朔，周朔也趁勢按下了快門，並用更大的聲響掩飾過去。

相機隱藏在清潔噴劑的外殼裡，噴灌的兩面各挖了一個小洞，靠近周朔這側的洞口可以將手指探入按下快門，另一面的洞口則是開在鏡頭所在的位置，周朔拍完後便將噴罐放回雜物堆，將兩個洞口巧妙遮掩起來。

都安置好之後，周朔又抬起頭繼續擺弄著工作車，拿著抹布東擦西擦，眼角餘光卻瞄到黑衣男子正朝著他走來，而且似乎沒有停頓的意思，周朔很快瞄了一眼工作車上的工具，在內心排演了幾個撂倒黑衣人的情景。

正當周朔握緊長柄刷準備抽出時，黑衣人毫不遲疑地從周朔面前走過，並逕直走向了周朔身後的電梯，按了下樓鍵，一點也沒有方才劍拔弩張的感覺。

周朔又瞄了黑衣人幾眼，直到電梯門開啟又關上，確定對方隨著電梯下樓後，才終於鬆懈了警惕，將工作車拉入敞開的房內，帶上房門後，他從口袋摸出了早前記筆記的那張包裝紙，拿出筆劃掉了其中一組數字。

「還那麼多啊……」周朔盯著包裝紙上的數字喃喃說著，包裝紙上總共記了近三十組數字，連同剛剛那組，總共只有三組被劃上了橫線，周朔舉起手腕上的錶，對照房間窗戶外頭刺眼的陽光，現在已經將近中午時分了。

周朔收起包裝紙，走向房內的那扇窗，側著身子站在窗緣往窗外打量著，白天的旅館街總是十分冷清，路上只偶爾有零星的人車經過，不過此刻路中央就晃著一個人影，大喇喇地沿著雙黃線漫步，還不時搖頭晃腦著。

如果換作是別人，肯定會以為他醉了，不過周朔一下就認出那是許國強。

「那傢伙又在幹甚麼？」周朔喃喃說著，並轉著頭往街道兩端望去，卻完全沒見到任何坤堂兄弟的人影，周朔又看了一次錶，便離開了窗邊，轉而走向床邊，一把拉起床墊，將壓在底下的墨綠色側背包拉出來背上。

接著他走向停在玄關的工作車，從裡頭撈出那只改造過的相機，放進了側背包裡，回頭再確認過房內沒有遺漏甚麼東西後，便拉開門，將工作車推到走廊上，好在走廊上沒別人，不然他的側背包肯定顯得特別醒目。

在將工作車推往掃具間的路程中，他順手按了電梯的下樓鍵，待工作車推到掃具間停妥，脫下了身上的制服、口罩、帽子，周朔便完全恢復到早上的形象，此時遠處也傳來電梯開門的聲響，周朔便快步進入電梯下樓。

在電梯下樓的過程中，周朔的手指輕輕貼著褲縫點著，眼珠也隨著樓層面板的箭頭動畫逐層往下，手指就這樣搭配著眼球動作，形成一個詭異的節奏。

電梯到一樓開門後，周朔快步踏出，沒有理會櫃台人員探詢的眼神，便逕自走到店外的大馬路上，不需要刻意找尋，就可以很快見到還緩步在路中央閒晃的許國強，仔細看的話，還可以看到他腰上別了個黑色小腰包。

「你是喝醉了嗎？」周朔用不太大的聲音喊著，並走向許國強。

「沒……沒有啊！」許國強的眼神雖然看來是清醒的，卻夾雜著一點閃躲的成份。

「你在幹嘛？」周朔將許國強拉到路邊，雙眼上上下下來回打量著他的裝束：「怎麼不跟阿全他們待一起？你不是挺怕乾堂的人嗎？」

「都中午了，他們都跑去吃飯了嘛！」許國強無辜地聳肩，又如個巨型不倒翁般開始搖頭晃腦，傻樂著說道：「而且我聽你昨天說了，我們是在幫會長做事，他們動不了我們，今天早上我試著一個人走到街上，發現也沒甚麼好怕的。」

「你不只走在街上，還走到了路中央，就不怕來了輛車把你撞死？」周朔低聲喝斥，視線很快向周遭掃了一遍，接著低聲說：「你這樣四處亂探很容易遭人懷疑的，我不想讓乾堂有藉口找我們麻煩，知道嗎？」

「你不是也說了嗎？我們是在找條子嘛！」許國強又樂呵呵地應道，在周朔又要教訓前接著說：「而且說到走在路中央，就是阿朔你腦袋不靈光了，如果走在騎樓，只能看清路的其中一邊，還很難望到樓上，走到路中央就甚麼都解決了。」

「你的右手才剛好，小心別又被車撞進醫院。」周朔沒好氣地說。

「別擔心，旅館街最近這麼冷清，這幾天也沒看見幾台車。」許國強咧嘴笑著，又指了指自己的胸口：「而且我是會長的人，他們不敢撞我的，就算我死了還有阿朔你撐腰呢！」

「怎麼開口閉口就是會長……」周朔無奈地苦笑，又注意到許國強的腰包，便伸手探去：「這又是甚麼？」

「沒……沒甚麼！」沒想到許國強難得閃開了周朔的手。

「這麼神祕？」周朔皺了皺眉頭。

「沒甚麼啦！我也想學你那樣嘛！」許國強手指了指周朔的側背包。

「到底在幹嘛?!」周朔終於有些火氣，音量稍稍提高了些。

「祕密，現在是祕密。」許國強樂呵呵地將食指擺在嘴巴前，兩腳輕輕蹦了幾下，一隻眼睛還對周朔眨了眨：「你就當我也在找條子吧！差不多的概念，差不多的概念……」

「你走在大街上還能叫祕密，這樣全世界就都是祕密了。」周朔雖然又罵道，不過看起來稍微放寬了心，隨後對許國強擺擺手：「總之我現在知道你是閒著的了，我這裡有個任務交給你，你得好好辦。」

「甚麼任務？」許國強一聽，興沖沖地湊到周朔面前。

「別貼那麼近！」周朔將許國強往後一推，沒想到許國強這一跌光顧著護腰包，一下摔了四腳朝天，周朔看了便走上前，卻不是拉他起來，而是彎腰一把扯下那只腰包，見了裡頭的東西又皺眉道：「你帶著相機幹嘛？」

「我說了，這是祕密嘛！」許國強半惱著將相機搶了回來。

「算了，隨你……應該說這樣倒好辦了。」周朔望著許國強將腰包又重新別好，接著說道：「我先前跟你說過，我在幫人討債吧！」

「對啊！」許國強抬起頭應道：「怎麼了嗎？」

「我不確定那個人住哪個房間，就只知道幾個可疑的房號。」周朔說著掏出口袋裡的包裝紙，在許國強眼前攤了開來：「可是我沒辦法一個人盯那麼多間，既然你有相機，這倒好，你幫我盯著其中幾間房，把房客的長相拍來給我看。」

「那沒問題，我辦事，你放心。」許國強拍了拍胸脯，便要接過紙條。

「等等，又不是全給你，我撕一半給你帶著。」周朔說著便將包裝紙撕了開，把比較小塊的那半遞給許國強，但又狐疑地問：「這樣真的行嗎？你不是有祕密計畫嗎？不衝突？」

「哪來的話？這我當然沒問題啦！」許國強想也沒想便搶過紙條。

這時一輛摩托車呼嘯而過，周朔忽然感到有些不對勁，抬起頭望向對街樓上的幾扇窗，眼角餘光很快閃過了個影子，望向動靜的來源，乍看就只是一面後頭擋著窗簾的窗，不過在那眼角的一瞥中，周朔分明見到那裡站了一個人。

而且，那人頭上似乎還帶了一塊疤。

與平時不同，太陽尚未下山，旅館街就擠著黑壓壓一群人，還不時有黑頭車開進來，放下更多的黑衣人，讓原先就十分擁擠的場域變得又更加稠密了些，垂掛在西邊天際的太陽照進東西向的旅館街，形成一幅詭異的圖景。

在旅館街的兩端街口，除了黑衣人組成的密實人牆外，還停著幾輛警車和運載保安大隊的防彈大巴，隔絕在警方封鎖線之外的，是幾輛背著碟型天線的轉播車，轉播車旁散落著幾名記者、攝影師和打光師。

每當外頭有新的黑頭車進來時，就會見到記者和攝影師小心翼翼地圍過去，儘管還是敬業地衝著車內的人喊著，卻也不敢像平時那樣用麥克風敲窗戶，而是異常守秩序地隔了段距離，而警方似乎也對進出的黑頭車沒太大興趣。

因此就呈現出了一幅有趣的畫面：黑頭車總像摩西分海一樣，一下切過厚實的人牆，而在黑頭車經過之後，這樣的人牆又會很快地恢復原先的密合，就好像從兒童樂園中的球池穿過一樣。

隨著天色漸漸暗下來，警車燈和媒體的打燈就顯得格外耀眼，而旅館街內因為路燈被爾幫兄弟切斷，再加上建築內外也都熄燈，因此還是一樣幾乎黑壓壓一片，只斷斷續續地被媒體的閃光燈照亮幾秒。

堵塞旅館街兩端的人牆，是乾堂和坤堂的人力，因此周朔也一直在旅館街的一端監督著，坤堂的人總共排了三排，橫著截住了旅館街的一端出入口。

前兩排的人手勾手，還戴了安全帽，為的就是不要待會一下被沖散，而第三排的坤堂兄弟則人手一支齊眉棍，上頭還纏上了不知名的重物，儘管現在只是相當無害地立在一旁，卻也能從旁感受到肅殺的氣息。

在那三排人牆之後，還散著一群站得比較不那麼密實的兄弟，儘管外頭的警方應該看不出來，但其實每個人腳邊都有一箱傢伙，裡頭裝著數十支塞著濕抹布的酒瓶，幾個弟兄因為受不了那刺激的汽油味，不時皺著眉頭掩住鼻子。

「不會真的幹起來吧……」許國強也掩著鼻子和嘴巴，卻難掩說話時的顫音，身子也細細發抖著，還不時望向腳邊的箱子，像要說服自己那些東西不存在。

「福東會已經好幾年沒和人幹起來了……」楊雙全看來也沒平常那樣冷靜。

「對方還是條子啊！」許國強忍不住喊出聲，見到幾名兄弟回過頭，又趕忙壓低聲量接著說：「條子可是有槍的啊……」

「朔哥有帶槍吧！」楊雙全看向周朔。

「帶了，不過能不用就不用。」周朔拍了拍側背包：「我們只是稍微擋一下條子，不是真的要幹起來，最好是不要出人命。」

「希望條子也是這麼想……」許國強低聲咕噥。

這時遠方傳來警車鳴笛聲，周朔望了過去，見到一名身穿制服的刑警下車，透過警車交替閃滅的紅藍警示燈，和旁邊媒體時而閃爍的鎂光燈，周朔還是一眼認出那就是他所熟悉的辰哥，此刻他和迎上來的下屬了解了下狀況後，便朝人牆這邊走來。

就在辰哥往周朔這邊走來的同時，後頭又跟來幾個手持小型家用攝影機的制服員警，還有一名員警手持「警告行為違法」六個大字的牌子，在辰哥距離人牆幾步路的時候，一名員警小跑步送上了擴音器，辰哥點了下頭便接了過來。

「我是第一分局副分局長孟夏辰，你們的行為已經違反集會遊行法。」辰哥拿起擴音器，用沉穩卻帶著穿透力的聲音對著人牆高聲道：「這裡第一次舉牌警告，請你們不要再違法，現在時間……」

辰哥話還沒說完，就被旅館街這邊的鼓譟聲給蓋了過去，然而辰哥並沒有因此受到影響，毫無停頓地接著把話說完，沒有退卻、也沒刻意提高音量，就只是平穩地繼續說著，彷彿眼前的騷動只是幻影。

「還是四顆星，看來那傢伙沒長進啊！」周朔看著辰哥右胸的官階微笑。

「不會要打起來了吧……」許國強顫著音，似乎沒注意到周朔的自言自語。

「總共要三次警告，這才第一次呢！」楊雙全倒是稍稍放鬆些，這時辰哥帶的人馬也已經退回先前的位置，儘管旅館街這方還有零星的示威聲，但畢竟一個巴掌拍不響，警方不打算硬幹的情況下，爾幫這邊也硬不起來。

「他們在等甚麼？」許國強也稍稍冷靜下來，望著異常平靜的警方問道。

「他們在等會長。」周朔不知怎地很快就回答，之後像是要掩飾似的，接著說道：「多虧底下那些大嘴巴，條子肯定也猜到今天會出大事。」

「會長到了之後，該不會就幹起來了吧！」許國強又開始瑟瑟發抖。

「你不要動不動就講幹起來好不好！」楊雙全雖然這麼說，不過聽起來更多是因為不安而產生的惱怒。

「我們做好份內的事就好，不會有事的。」周朔安慰兩人。

不知又站了多久，一開始是最外圍的媒體記者先出現騷動，熟悉的叫喊聲又紛紛響了起來，打光用的探照燈也頓時變得凌亂，接著是往內一圈的警方包圍網，可是因為相對稀疏，因此只稍稍移動了幾名刑警的位置，便讓出條路來。

周朔很快就認出那輛會長專屬的黑色加長型禮車，因此指揮前三排的兄弟稍稍鬆開人牆，又轉頭往後吆喝其他堂口的兄弟，要他們也讓出一條過道，由於會長親臨的因素，行動效率又比以往來得更迅速確實。

加長型禮車在深入旅館街約五分之一處時停下，這時旅館街忽然亮了起來，一瞬間周朔還以為警方扔進了閃光彈，掩著臉差點就要喊出聲來，但光亮並沒有想像中刺眼，只不過因為旅館街內的光源被刻意切斷，因此街道內的人一下沒辦法適應，所以才會覺得份外刺眼，仔細找尋光亮的來源，才發現光線來自街道的兩端，圍在外頭的警方架起了大型探照燈，讓原本黑暗的街道一下宛如白晝。

「他們想知道會長會進哪棟樓。」周朔望著兩頭的探照燈做了結論。

「不會幹起來吧？」許國強又低聲問一句。

「這會兒就有可能了……」楊雙全終於不再反駁許國強。

「兄弟們，抓牢了。」周朔暗暗對前頭的人牆打氣。

「會長下車了，有好戲可看了。」楊雙全也低聲道。

周朔回頭一看，那輛加長型禮車後座車門果然打了開來，在那周遭的人群像是水波一樣一下散開，在熾烈燈光的照射下，會長的面孔似乎一下清晰了起來，甚至比福東會那時還更加清楚多了。

在眾人的注目下，會長爾學義往其中一間旅館走去。

第三章　旅館街的新仇舊恨

起初甚麼也沒發生，頂多是警方的探照燈隨著爾學義步入建築稍稍移了角度，將建築門口稍稍照清楚了點，只是探照燈原本就幾乎要把整條旅館街給點著了，所以也不需要移動太大的角度，不過除此之外，警方似乎也找不到其他事幹了。

周朔隔著人牆望向警方，一般刑警還是如同剛才那樣散落在幾輛警車之間，而防彈大巴帶來的保安警察，也只拿著防爆盾牌在大巴旁集合待命，一點也沒有要動員起來的跡象，因為頭盔的陰影，周朔分不清他們的眼神是否嚴峻。

最後周朔望向辰哥，後者已經退到後線，卻因為一旁的探照燈太過刺眼，周朔只能約略見到漆黑的輪廓，甚至也不確定那是不是真的就是辰哥，或許只是身材相似的另一個人。

「他們為什麼還沒行動？」楊雙全回頭望了下爾學義方才進入的建築問道。

「別烏鴉嘴，沒事就是好事。」許國強說著連呸了三聲。

「或許在等會長交易，也或許在等我們鬆懈。」周朔也轉頭看了那建築，建築牆面被探照燈照得慘白，原本花花綠綠的招牌也瞬間少了勾人的氣息，摩登的聲色大街也霎時成了破敗淒涼的舊巷，好似色衰愛遲的老婦。

「別鬆懈啊！」楊雙全聽了便出聲提振前排兄弟的士氣。

「你在玩什麼把戲呢……」在兄弟的應和聲中，周朔低聲喃喃說著，儘管第三排的兄弟此時正此起彼落地舉起手上的竿子吆喝，他的視線仍舊沒離開過遠方那個看來像辰哥的黑影，那個黑影看來依舊讓人猜不透。

就在前排兄弟的示威即將進入尾聲時，街道兩端的探照燈瞬時熄滅了。

「搞什麼?!」在漆黑之中，周朔聽見楊雙全在身旁喊了一聲，然而隨即被此起彼落的叫喊聲給淹沒了，在沒有任何光源的情況下，再加上習慣了方才的強光，旅館街的所有人一下都成了瞎子，原先稠密的場域又更顯擁擠了。

不只是探照燈，旅館街外的路燈本來是沒斷線的，現在也不見個影，更重要的是本該熱鬧的媒體區也是黑壓壓一片，周朔立刻意識到探照燈的熄滅並不是意外，因此他立刻扯著嗓子大吼：「別亂，這是條子的……」

說時遲，那時快，周朔才說到一半，前排的人牆便推擠了過來，周朔一個沒站穩，踢翻了腳邊裝有汽油彈的箱子，接著周朔左右方的地面又陸續傳來玻璃瓶碎裂的聲響，汽油的味道頓時顯得更加濃烈，但是現在誰也沒心思抱怨了。

前排推擠的力道實在太過劇烈，一點也不像人類能產生的力量，過了一會兒，周朔才察覺到臉上不時流過清涼的觸感，無論方向或數量上都不像是自己所流下的冷汗，周朔這才意識到這股力量的來源，正是來自警方的強力水車。

記得沒見到旅館街外停有這樣的車輛啊！周朔仔細搜索記憶，才勉強回憶起探照燈後方似乎多了幾個陰影，在探照燈的強光掩護下，自然就無法察覺到後方陰影中的車輛，更別說去分辨車種了。

就在周朔想著並持續往後退的同時，他感受到肩上的側背包漸漸滑落，可是人群的擁擠讓他沒有餘裕騰出手，幾次試圖扭著肩將背帶滑回原本的位置，最後還是抵不過背包滑落的力量，只能眼睜睜讓它落入駢肩雜遝的黑洞之中。

儘管黑暗中看不清人影，不過憑著叫喊聲的高低，也可猜測到警方正集中在幾個點進行單點突入，而且隨著叫喊聲和擊打聲逐漸深入，看來警方很快就要到達剛剛爾學義進入的建築。

就在這渾沌不明的當口，周朔的頭上忽然亮起了燈光，因為剛剛在人群中的衝擊使他失去了方向感，一開始他還不明白為什麼頭頂忽然出現了一盞燈，不過他很快就發現自己已經被推擠到了一處騎樓下。

他身邊除了黑衣人之外，還有幾名手持盾牌揮舞著警棍的警察，儘管沒有戴夜視鏡，然而熟悉黑暗的他們，見到突如其來的光線還是一下愣住了。

「守住大門！」一名保安警察舉起警棍大吼，頓時失神的警察立刻組織了起來，紛紛湧向旁邊的一扇旅館大門，周朔和一些黑衣人也很快認出了那就是爾學義進入的那扇門，也紛紛往門口湧去。

周朔和一名黑衣人趁著編隊還沒組織好時，閃身進入了門口，他聽見幾名警察舉起警棍指著他們大吼，卻很快又被旅館外的人轉移了注意，畢竟那一波波的人群就像驚悚片裡的喪屍那樣不斷湧來，那一小隊保安警察眼看就要支撐不住。

周朔沒放過這個機會，果斷摸黑往裡頭走去，黑暗中不見電梯的顯示面板，看來電梯也被斷電了，所以周朔循著逃生燈箱到樓梯間，在防火牆關上的剎那，周朔察覺到有另一個人閃身進門，周朔倏地回頭一把將那人壓到牆上。

「朔哥，是我。」黑暗中傳來楊雙全的聲音，映著逃生門上的燈箱光亮，周朔也隱約認出了楊雙全的臉型，便隨即放手，並為對方理了理領子。

「剛剛那人是你？」周朔想起門口跟他一起混進來的黑衣人。

「對，我本來也沒認出你來。」楊雙全喘著氣應道。

「別跟過來，上面亂，怕有危險。」周朔伸手指了指楊雙全，就要走上樓。

「就是危險才更該跟著。」楊雙全說著看向周朔的腰際：「你的槍呢？」

「剛剛被人群擠掉了，不過也不要緊。」周朔聳了聳空無一物的肩膀。

「不會被條子撿到吧？」楊雙全擔憂地問。

「撿到也無所謂，反正查不到我身上。」周朔又聳聳肩，隨即走上樓梯：「現在重要的是會長那邊，我剛剛聽到一點聲音，我們跟著聲音上去。」

接著周朔和楊雙全便不再說話，專注聽著散落在樓梯間的聲響，因為樓梯間和樓層間隔著防火門，因此即使現在靜得兩人都能聽見彼此的呼吸，然而目標樓層的動靜還是小到幾乎無法察覺。

上了五個樓層後，周朔和楊雙全才能隔著防火門聽見比較大的響聲，周朔貼著門聽了一會兒，聽不出聲音的內容究竟包含了甚麼，就像對不到頻的收音機一樣，只發出毫無意義的沙沙響聲。

正當周朔決定開門一探究竟時，發現這樣的響聲越來越大，似乎有向樓梯間靠近的趨勢，連忙拉著楊雙全往樓上跑，推開樓上一層的防火門，然而在防火門關上的同時，也傳來樓下防火門打開的聲響。

接下來的躁動便聽得很清楚了，樓下的人顯然是衝他們來的，周朔轉身掃了一眼樓層內部，在漆黑的長廊上，只有逃生燈箱映出幾扇房門的形狀。

「怎麼辦？」楊雙全難得焦躁了起來。

「無所謂，反正我們又沒幹甚麼事。」周朔想了想，一下便輕鬆了起來，還呼一口氣喃喃說著：「還好那把槍沒帶上來……」

伴隨一聲巨響，防火門很快被撞開了，黑暗的空間瞬間照進刺眼的亮光，數十隻手電筒不約而同照到了他們的臉上，其中還伴隨著幾束紅色雷射光，在炫目的光暈背後，周朔隱約看到了幾名身穿戰術衣的武裝警察。

「雙手舉高，不准動！」領頭的警察衝著他們高聲喊。

「你們在幹甚麼？」後頭一名相對輕裝、只穿著防彈背心的持槍刑警問道。

「我們在夢遊，阿SIR。」周朔頓時放鬆了下來，儘管眼睛還是沒有適應強光，但透過聲音和隱約的身影，周朔有九成以上的把握，剛剛說話的就是辰哥。

「夢遊？還有時間開玩笑啊！」辰哥不摻半點虛假地厲聲吼道，就連周朔也禁不住顫了一下，接著辰哥對左右的重裝刑警下令：「C小隊找到電燈開關，這層也給我搜！其他人繼續往上！」

「今天好像不太順利啊？」在辰哥經過時，周朔假意向他挑釁。

「去樓下問你的老大吧！」辰哥說話的同時，走廊的電燈也被打開了，周朔也才能從他臉上找到一絲絲作戲的成份，只是他很快又板起臉孔，指示了身邊的兩名警察說：「這兩人也要搜身，搜完就讓他們滾吧！」

周朔再次因為槍沒在身上而鬆了口氣，配合地舉起手讓圍上來的刑警搜身，不過在看到楊雙全的表情後，才發覺自己不應該這麼溫順，因此也學著做了幾個輕蔑鄙視的表情，還加上幾個冷笑聲。

「走吧！」搜完後，刑警朝防火門的方向推了周朔一把。

「我自己會走。」周朔和楊雙全不約而同地抱怨一聲。

推開防火門，周朔很快下了樓梯，楊雙全則不明所以地在後頭跟著，到達下面一層樓後，周朔毫不遲疑地推開了防火門。

首先映入眼簾的，是和上一層樓差不多的情景，走廊的燈已經打開，幾名刑警在幾間敞開的房間內外忙進忙出，不時傳來敲打和搬動的聲響，周朔很快從那幾間房門前經過，並透過敞開的房門快速掃視房內，最後在一間房間前停下。

裡頭的一張單人沙發上坐著爾學義，床邊則或坐或站著幾名黑衣男子，周朔很快認出其中幾個人，因為不久前他才偷拍過他們，而那些人只是百無聊賴地四處望望，其中幾雙眼睛掃過了周朔，卻也沒有多作停留。

更吸引他目光的，是攤在地上的那幾只敞開的皮箱，有幾只裝著整皮箱的鈔票，有幾只裡頭乍看之下是一片白，細看的話，會發現那片白之下，其實用了幾個巴掌大的小袋子分了小包裝，裡頭裝的正是一袋袋白粉。

周朔狐疑地看了看爾學義，又退出身子看看走廊上那群有些喪氣的刑警，接著再轉頭看向房裡，看房內的人都不十分在意，周朔便走進房中，在其中一只裝著白粉的皮箱旁蹲下，小心拆開了袋子，倒了點白粉在鼻前嗅了嗅。

「別忙了，就是普通麵粉而已。」就在周朔又要再吸上一口時，頭頂傳來爾學義那渾厚的嗓音，緊接而來的是一陣爽朗豪邁的大笑。

「怎麼……」周朔放下裝有白粉的袋子站起身，一時不知該如何反應。

「我想那幫條子大概是想抓我想瘋了，才會相信我會在這裡交易吧！」爾學義說著又笑了，並拍了拍周朔的肩膀：「也辛苦你啦！」

周朔迎上爾學義的視線，不確定這話背後藏著甚麼意思，全身緊繃了起來。

「我來的時候看見坤堂兄弟在街口擺出的架式了，剛才應該也沒少挨疼吧！」爾學義又拍拍周朔的肩，接著越過他身後看向楊雙全：「我認得你，也是坤堂的兄弟吧！雖然連你們也要了，不過你們也功不可沒，應該不怪我吧？」

「哪裡的事，能為會長服務是我們的榮幸。」周朔很快打理了表情回應。

「那你知道我為什麼這麼做嗎？」爾學義雖然還維持著憐愛的神情，可是在那樣的表情裡又多了點肅殺之氣。

「說實話，小的並不明白。」周朔略略欠身答道。

「福東會有內鬼，應該已經不是新鮮事了。」爾學義這句話又讓周朔身體一抽，好在爾學義這次很快接著說下去：「內鬼不會放過任何能夠擊倒我的機會，而這次透過你們放出這樣的消息，就是要吸引內鬼踏入陷阱。」

周朔稍稍直起身子，打量了下房間內部的擺置。

「所以，我並不是因為要避開內鬼，才選擇在旅館街交易，相反地，這次是和內鬼的正面對決。」爾學義說著用拳頭擊了下手掌，弄出讓人震耳的一聲響，接著他將手掃過床邊或坐或站的那群人：「這些人都是我的老朋友，如果只是放出消息，條子也未必就會相信，肯定是有人通風報信，將這幾個人的身分透漏給條子，才會有今晚的鬧劇。」

「那會長找出內鬼了嗎？」周朔說著直視了爾學義的眼睛，他無法再繼續忍受迂迴的談話了。

「這些人一直幫我留意有沒有人打探他們。」爾學義又大手一揮向床邊的那群人：「我在旅館街也布置了幾台針孔攝影機，因為誰也不能相信，所以我事前沒讓任何人知道攝影機的事，也就沒人監控畫面，之後我會再找幾個人去排查那些影像。而這群人因為對幫內的人不完全熟悉，因此指認也需要一點時間……不過總會找出來的，比起先前瞎著眼打牌，我現在總算把鬼牌都抓進手裡了。」

「那會長接下來打算怎麼做？」周朔又略略欠身。

「既然你來了，就替我傳個話吧！」爾學義搓了搓手掌：「今天條子都在，我阿義也不想惹事，如果那幾隻鬼有自知之明，就自己滾到條子的隊伍裡面去，其他心裡沒病的，就都到雲雨館集合，我們再好好規劃未來的事。」

「到雲雨館集合嗎？」周朔強調了最無關緊要的一個點。

「沒錯，還有一句話務必要放出去。」爾學義豎起右手食指：「就是那些今晚自動滾蛋的，我阿義可以放一條生路，但是如果還要我勞師動眾去揪出來的話，只要過了今晚，我可就不那麼客氣了。」

儘管雲雨館是旅館街最大的一棟建築，但畢竟福東會這次來了足夠塞滿整條街的人，因此要塞下所有人還是很勉強，所以很快又開放了雲雨館左右兩棟建築，讓旅館街的兄弟們進駐。

因為人群移往建築的關係，旅館街上的人頓時少了大半，旅館街外的警察也變得鬆散，交易地點的搜索行動已經結束，武裝的刑警紛紛離開了方才所在的建築，周朔也見到了辰哥離去的背影，看他們垂頭喪氣的神情，大概還是一無所獲。

唯一不變的，是聚在最外圈的媒體，人數不但沒有減少，似乎還有更增加的趨勢，儘管他們還是不敢跨越警方圍出的封鎖線，但是一些人架起了摺疊梯，拿著攝影機站在上頭，往下拍攝了旅館街的全景。

周朔左右望了望，最後還是把視線移回眼前的雲雨館，騎樓下聚集著許多人，還有一些人揮著手吆喝，儘管密密麻麻的人群掩住了視線，但從幾條偶然的縫隙間還是可以發現，那幾個人面前都放著桌子，桌子上還放著一張全開白紙。

周朔往騎樓的方向走，吃力地擠開了人群，很快他看清了其中一名揮手吆喝的男子的臉，那人正是楊雙全，直到再更走近一些，離對方大約五六步，周朔才終於聽清吆喝的內容：「坤堂的兄弟！如果心裡沒鬼的話，就來這簽到喔！」

「阿全！」周朔向對方揮手。

「朔哥！」楊雙全很快便找到了周朔，也向他喊道：「我們的兄弟都簽得差不多了，你找到強哥了嗎？」

「還沒，這裡太亂了！」周朔困難地擠到楊雙全身邊。

「那傢伙到底去了哪裡？」楊雙全四處看看，刻意壓低聲音說道：「這簽到擺明就是心理戰，不簽的話會被懷疑有鬼的……」

「我保證他心裡沒鬼，就是缺了點心眼。」周朔也壓低了聲音，也望了望周遭的人，除了不時推擠流動的人群外，每張大桌旁都固定站著五六個熟面孔，大多都是堂主，幾個像周朔這樣堂主自己跑出去了，就由副堂主或高級幹部代理，一張桌子就五六個堂共用一張全開大白紙，因為彼此都認識，誰簽了或誰幫誰代簽了，幾個堂口的代表都看得清清楚楚，沒有偷雞的餘地。

不過周朔擔心的倒不是這個，而是每張大桌旁固定摻著的一張生面孔，其實那些面孔對周朔來說也不太生，因為周朔方才在爾學義的房間才跟他們打過了照面，那都是爾學義的老朋友。

「那都是會長的人馬嗎？」楊雙全注意到周朔的視線，悄聲問道。

「那是他的供貨商，會長現在根本就不相信自己的手下。」周朔輕聲回應，並儘量不顯眼地搖搖頭：「這也是我最怕的事，這些人對我們的人沒感情，怕是不分青紅皂白就隨意懷疑人。」

「我這下倒希望強哥真的是條子的鬼了，至少現在跑了，會長還能放他活路。」楊雙全也悄聲嘆了口氣：「要是待在這裡反而被誤會，那就太不值了。」

「他會好好的。」周朔只能安慰似地低聲應道。

「說起來，乾堂那攤似乎不是疤臉在顧。」楊雙全說著踮起腳尖往一邊望去。

「疤臉實質上還是沒有完全掌握乾堂的主導權，何萬章在這點上不可能讓他，而疤臉大概也不會介意這種事情。」周朔也踮起腳，望向楊雙全轉頭的方向，看著攤子的果然是何萬章：

「看起來，他們似乎剩沒幾個人在簽名了。」

「我們其實也差不多了。」楊雙全指了指桌上的大白紙。

「那怎麼這麼擠呢？」周朔望著身後推擠的人群皺眉。

「那你見到有哪個人是要簽名的嗎？」楊雙全食指往周遭掃了半圈。

「那還擠著幹嘛？」周朔抱怨道。

「都這種時候了，大家自然不想站太遠，就怕一不小心就被當成鬼了。」楊雙全說著忽然對周朔笑道：「真是難得，朔哥居然也有讓我說教的時候。」

「大概是因為不習慣人擠人吧！在人群裡面待久了，火氣都上來了。」周朔用手對脖子搧著風，然而搧沒幾下，又不安分地踮起腳尖四處望著人群低聲道：「如果這群人一直不散開的話，要找到阿強就更難了。」

「你說，他會不會被條子抓了啊？」楊雙全問道。

「你見到條子抓人了嗎？」周朔挑了挑眉，分別左右望向聚在街道兩端的刑警，人數又比先前更少了些，還有幾台警車正準備離去，不過就是沒見到有任何人被押上警車：「他們一個人都沒帶走，知道為什麼嗎？」

「為什麼？」楊雙全很快把問題丟了回去。

「因為抓不完，如果要說妨礙公務的話，你說哪裡能塞得下整條街的人？」周朔撇嘴道，嗤地冷笑了一聲。

「說的也是。」楊雙全點點頭。

「阿強不是內鬼，他肯定還在旅館街。」周朔邊說著邊連點著頭。

「會不會是耳朵被剛剛的水柱給沖聾了啊？」楊雙全想著又問。

「你如果說他腦子進水了，我還比較會相信點。」周朔沒好氣地應道。

「那傢伙的腦子就沒乾過……」楊雙全說著便笑了出來。

就在周朔和楊雙全你一言我一語的時候，一段音樂鈴聲隱約在耳畔響著，因為周遭的人聲太過吵雜，一時也無法分清那聲音是真的存在，還是只是幻聽，過了不久音樂消失了，好一會兒就彷彿那音樂從沒存在過一樣。

「換紅紙！」隔壁桌忽然有人喊道，周朔循著聲音望過去，那也是曾在爾學義房間見到的面孔，看他手上的翻蓋手機還開著，方才的音樂聲或許就是從那裡傳來的，可是電話另一端會是誰呢？「換紅紙」又是甚麼意思？

正當周朔還在思索的時候，身旁冷不防便有人接著喊道：「換紅紙！」

接著便是此起彼落的「換紅紙」喊聲，不過隨著喊聲的人離周朔越來越遠，聲音也漸漸化在吵雜的背景人聲中，但可以確定的是，跟隨著吆喝的人都是方才在爾學義房間裡的人，而在周朔這桌的那人，從口袋抽出了一張A4大小的紅紙。

「待會報到的人，改簽到這張紙上。」那人將紅紙拍向桌面。

「這又是在玩甚麼花招？」楊雙全滿臉困惑地望向周朔。

「這不是甚麼花招……」周朔的臉忽然刷一下變得慘白，邊倒退走邊對楊雙全低聲喊道：「我現在就去找阿強，他再不出現就真的晚了！」

周朔好不容易擠出了人群，並左右望了望黑壓壓的一片人，大部分的人都望著雲雨館的方向，因此大多只能見到背影，而且也只有最外圍的人才能見到身形，因為更內圈的人身體都被擋住了，甚至連頭都看不出個形狀。

「許……」周朔想喊聲，但喊到一半硬是哽住，畢竟這不是一件適合大張旗鼓的事，因此他只能快速繞著人群跑，透過各個角度分辨更多面孔，可是更多時候周朔自己也不知道有那些漏了，不過他也只能這樣繼續來回跑著。

周朔又望著兩邊的街口，警察漸漸散了，媒體記者零零落落進駐警方原先佔著的地，卻也不敢再靠得更近了，而且人數看來也比先前更少了些，周朔不明白自己為什麼要分心去看那些人，於是用力搖了搖頭，又往人群望去。

就在這時，他聽見遠處傳來了一點動靜。

他往聲音的來源望去，那大概不會是街口的媒體或警方，因為距離和方向聽來不像，仔細聽著，那動靜似乎仍持續著，大概是來自街道四分之一處的某棟建築，聽來就像搬動家具的聲響。

周朔也不明白究竟是出於怎樣的原因，便往聲音的來源跑去。

隨著離人群越來越遠，在沒有背景音的干擾下，那個聲音就越顯清晰，周朔又加快了腳步，很快他就跑到了那個聲音的近旁，這時已經能清晰分辨出那就是搬動大型物品的聲響。

周朔憑著聲音的方位，找到了一扇敞開的大門，便往裡頭走去。

裡頭散出微微的亮光，隱約可以看見有個晃動的人影，周朔很快跑了進去，不過又警戒地望了望四周的環境，確認大概不會有人衝出來後，才又繼續朝人影的方向走近，這時終於能看出那個人影就是許國強。

「在幹嘛呢?!」周朔對著人影大聲問道。

「啊……是阿朔啊！」許國強抬起頭，此刻他正搬著一張椅子，身邊還圍著幾張倒放的桌椅和茶几，一旁的柔光壁燈映出了他傻樂的臉龐，他似乎很快認出了周朔，從那圈迷魂陣中繞了出來，笑著對周朔招呼道：「你來了正好。」

「你不知道我們要到雲雨館集合嗎？」周朔見他沒進入狀況，又正色說著。

「我聽見了，你不是拿了個大喇叭對兄弟宣布了嗎?那時我就遠遠見到你，看著挺威風的，只是我就發現有件事不對勁……」許國強又對周朔擠出了個笑臉，一會兒才比劃著自己的肩膀說：「我見到你的側背包不在身上。」

「那是在人群中被擠掉的，但現在不是管這事……」周朔又要對許國強喊。

「那不是你心愛的包嗎？」許國強沒等周朔說完便繼續說：「雖然那時離你遠遠的，沒法跟你確認，但我想肯定是掉了，因為那是你心愛的包，所以我就想幫你找……而且裡面還有槍呢！讓條子撿到就不好了！」

「沒事，現在真不是煩惱這件事的時候……」周朔又搖了搖頭。

「沒事，幫你找到了。」許國強說著，蹦蹦跳跳地往一旁走去，一下便離開了壁燈的燈光範圍，進到了陰影中，一會兒才又拎了只慘不忍睹的側背包回到光亮中，見到周朔的表情他又笑了：「你總不能期待它完好無損吧！」

「不是，既然找到了，那你還在這裡幹嘛？」周朔接過那只側背包，望著許國強身後的那座迷魂陣，不解地問道。

「那幫條子不是弄了台水車嗎？這些家具都泡水了，我想說就先把這些東西放到乾的地毯上晾著，還有些桌子是有抽屜的，也不能讓裡面的文件進水了……」許國強說著又繞進了迷魂陣。

「你是真傻還是假傻啊！這東西有必要現在弄嗎？」這次周朔不等許國強說完，一把拉住他吼道：「會長不都說在雲雨館集合嗎？」

「那麼大聲幹嘛?!會長會諒解的。」許國強埋怨地望著周朔。

「你這傻子，晚到的會被當成鬼啊！」周朔壓低聲音罵道。

「你不也在這嗎？而且我是在幫著收拾，會長會諒解的。」許國強甩開了周朔的手，又要走回去繼續收拾。

「別弄了！你還不明白嗎？」周朔又把許國強拉回來，這次索性把迷魂陣外頭的一張茶几給踢飛了，但一時又不知該說甚麼，雙手插著口袋踱起方步來，不時焦躁地大口喘氣，過好一會兒才站回許國強面前：「你還記得你幫我照相了嗎？」

「記得，那怎樣了嗎？」許國強天真地反問。

「那裡面有幾個是這次過來的供貨商，他們刻意留意了有誰在拍照，拍照的人就是福東會裡面的鬼。」周朔把聲音壓得更低了：「他們肯定也注意到了你，你現在又晚回去，絕對是死路一條。」

「照實說不就行了嗎？會長會諒解的。」許國強執拗地回應。

「你是真傻還假傻啊！」周朔用力推了一下許國強的頭：「平時就算了，會長這次是氣瘋了，甚麼也聽不進去，寧可錯殺一百，也不願意放過一個。」

「反正都得回去，信不信就看天命吧！」許國強嘆了口氣。

「你……」周朔別過臉，忽然又想到甚麼似的回過頭，陰沉著臉低聲說：「沒錯，你別回去了。」

「甚麼？你剛剛不是還勸我早點回去嗎？」許國強這時驚訝地瞪大眼睛。

「已經晚了，你回去只有死路一條。」周朔搖搖頭。

「我很快，這裡收完就走……」許國強又開始忙活起來。

「聽我的，快走！」周朔雙手抓住許國強的肩膀用力晃了晃。

「我先收完……」許國強看來還沒明白過來。

「我不是說雲雨館，我是說快離開這裡。」周朔的眼裡滿是慌亂。

「不行，這不就真被當成鬼了嗎？」許國強不合時宜地笑了笑。

「會長說自己離開就沒事，怎樣至少都能活著，如果你現在去了雲雨館，又堅持不認自己是鬼，那就真的完了。」周朔又晃著許國強的肩膀低聲吼。

「你不明白，阿朔，你一點都不明白。」許國強抬起頭，眼裡忽然泛起淚光，讓周朔一下慌了：「如果我走，才是真的完了。你想想，我這人甚麼都沒法做，進了福東會就像進了大企業，要我走了，我甚麼也幹不好，走了才是死路一條……」

「你還有個讀法律的妹妹！你還能去做正經生意！」周朔又衝著他的耳朵吼：「我不是一直要你退出嗎？我不是一直說要介紹正經生意給你嗎？你不會沒路走的，你今天如果不走，就真的甚麼都沒有了！」

「阿朔你真的不明白……」許國強眼裡的淚水終於溢出了眼眶。

「走啊！」周朔沒讓許國強繼續說下去，便硬是推開他，兩人就這樣僵持著，接著周朔忽然從側背包裡摸出了那把手槍，舉起槍用力戳向許國強的眉心：「跟你怎樣都說不明白的，信不信我開槍！」

「阿朔，你不會也不信我吧？」許國強眼裡滿是憂傷。

「我就問你滾不滾?!」周朔又低聲吼。

「我真的只是拍照，你都知道的……」

「我數三聲，一！」

「阿朔你不會不信我吧？」

「二！」周朔沒搭裡他，邊數著邊拉滑套上膛。

「沒錯，我是騙了你一件事……」許國強忽然抿起嘴移開視線。

「滾！」周朔發出野獸般的悶沉吼聲，又將槍口使勁往許國強的眉心戳去。

一聲槍響。

一時之間誰也沒搞清楚情況，周朔手持著槍，帶著驚異的目光看許國強緩緩倒下，許國強同樣驚愕地回望他，周朔先是驚訝地望著許國強，又看了看手上的槍，之後才意識到那個在太陽穴上的傷口不可能來自他手上的槍。

他轉過頭尋找槍響的來源，見到一個人從陰影走出來，是拿著槍的「疤臉」。

周朔很快會意過來，忿忿地舉起槍指向對方，「疤臉」也很快將槍口轉向回敬，好一段時間兩人就這樣互相指著，兩人握槍的手還因為用力過度劇烈發顫著，就當兩人都要扣下扳機時，一個聲音制住了他們。

「放肆！」聲音來自「疤臉」身後的陰影，爾學義應聲走了出來。

「會長……」周朔望向來者，一時不知該怎樣打理臉部表情。

「我都理解了，也都聽見了，但是對背叛者仁慈，就是對自己殘忍，對吧？」爾學義說著看向仍舊面部猙獰的「疤臉」，後者還緊握著槍不放，爾學義便搖著頭向「疤臉」伸出手：

「夠了，把槍給我。」

「可是會長……」「疤臉」又僵持了一下，最後還是決定放下槍。

爾學義接過了「疤臉」的槍，望著還舉著槍的周朔，便厲聲喊道：「還舉著槍做甚麼?難道你要跟我火拼?!」

周朔的槍口好一陣子還是對著「疤臉」，過一會兒才終於放下。

「很好，我知道你們底子都不壞。」爾學義點點頭，接著低頭輕撫著槍繼續說：「我也知道你們之間有嫌隙，可是既然都是一條船上的人，又是這種非常時期，我們槍口就更不應該互相指著，是不是？」

周朔和「疤臉」都沒回應爾學義的話，甚至也沒點頭，就只是互相瞪著。

「疤臉！」爾學義先向「疤臉」喊：「你把周朔的兄弟幹死了，儘管殺的是叛徒，可是也要懂得人之常情，阿朔拿槍指著你是自然的，別放在心上好嗎？」

「至於阿朔，」爾學義沒等疤臉應話，便轉頭對周朔說：「我能理解你現在情緒一時調不過來，所以眼前給你兩條路，一是忘掉這個叛徒，回雲雨館去，二是現在就滾，看在過往的情份，我可以給你一條活路。」

周朔彷若沒聽見爾學義說話，好一陣子就望著倒下的許國強直打顫，許久都說不出話來。

過場　黑幫老大的再生

「很明顯，你最後選擇了留下來。」郭警官冷笑著挖苦。

「我沒得選。」周朔搖搖頭：「疤臉能夠那麼果決地開槍，一定是爾學義授意的，當時還有警察待在旅館街外頭，媒體也還沒走，如果只是聽見我和阿強的談話，不可能殺得那麼急，爾學義肯定知道偷拍的事。」

「你怕把自己也牽連進去？」郭警官不甚確定地問。

「我怕的不是自己，畢竟阿強反而是個掩護，雖然這麼說不太恰當，但這就是事實，他死了，很多事就能推到他頭上。」周朔又搖搖頭：「我真正害怕的，是牽連到他的家人，最重要的是那個讀法律系的妹妹。」

「你怕妹妹追究，不然就是爾學義想趕盡殺絕。」郭警官替他說了後話。

「我必須繼續待在裡面，才能保證許家的安全。」周朔沒附和，只是繼續說著：「我不相信爾學義有他自己說的那麼仁慈，至少他就沒有放過許國強，一個人如果被逼急了，甚麼道義規矩都是狗屁，那天晚上就是最好的證明。」

「那些在紅單子上簽到的人，後來都死了嗎？」郭警官接著問。

「那天晚上死了很多人。」周朔沉重地點了點頭：「傳聞死了近百人，葬儀社的禮車一度塞滿了整條旅館街，這對爾幫和警方都不是光彩的事，因此黑白兩道聯手埋葬了真相，官方只稱那些禮車是角頭大哥的座車。」

「我也聽過這個說法。」郭警官冷笑著點點頭。

「那晚會長是真的殺紅了眼，連他的二哥爾學孝都在那個晚上被他給殺了。」周朔接著說：「這方面也有很多傳聞，其中一個說法很有趣，據說爾學孝老早就向警方通風報信，說那場大買賣只是個幌子，目的就是要查幫會裡面的鬼。」

「既然警方都知道了，怎麼可能死那麼多人？」郭警官不甚相信地搖搖頭。

「同樣的，這事也有兩個說法：其中一個，是警方根本不信，所以栽了。」周朔說到這裡稍停了一下，好一陣子都沒說下去，可是又不像在賣關子。

「另一個說法呢？」郭警官察覺周朔神色有異，收起了敵視的表情。

「另一個說法，當然是警方信了。」周朔說到這裡又哽住，這次郭警官不再催促他，就等著周朔自己說下去：「但是為了避免會長起疑，因此只留住了一半的人，讓另一半的臥底踏進陷阱……」

「你是說……」郭警官轉過頭望向周朔，發現周朔眼裡已經噙滿淚水。

「那天晚上，那些死去的臥底，可以說是被警方親手拋棄……」周朔說到這裡，終於再也說不下去。

好一陣子，郭警官就是靜靜地望著周朔的眼淚在眼眶打轉，曾有那麼一刻，他忘記坐在他對面的是一名曾叱吒風雲的黑幫老大，而是一個純純粹粹、有血有淚的人，和你我其實並無不同。

甚至，有一瞬間，郭警官想如一般人一樣，遞給他一包衛生紙，讓他擦眼淚。

「我記得你之前問過我，知不知道爾幫的事。」郭警官不知為什麼忽然換了個話題，見周朔暫時沒想打斷他，便繼續說道：「旅館街那檔事發生的時候，我才剛上高中，但是新聞報得很大，而且，當時的新聞和你的故事很不一樣。」

「我知道，那些新聞也是狗屁。」周朔雙手摩娑了下雙眼，才接著說：「倒不是說爾幫操控了新聞，只不過葉家把持著市政很久了，各方勢力對他們或多或少都有點不爽，都想藉這件事扳倒葉家，所以新聞就自然寫成了那個樣子。」

「在那天晚上之後，市警局長李大墉因為這件事下台了，當然是因為辦案不力。」郭警官撐著下巴繼續說：「然而在你的故事裡，他是少數對爾幫強硬的警方高層，不應該因為這點差錯就把他趕下台。」

「很多事情都可以作兩面解讀。」周朔終於打理好情緒，恢復先前的平穩語調：「比如說警方當晚一個人都沒抓，就是一個很好攻擊的點，儘管換作任何人都會作出同樣的決定，但是你到了那個位置，就得承受這樣的攻擊。」

「還有探照燈的事。」郭警官引導周朔繼續。

「沒錯，那個探照燈。」周朔冷不防迸出了一聲冷笑：「在我們看來是聰明絕頂的策略，但如果要搭配上一件事來看的話，好事者就能說是警方刻意把燈給關了，因此甚麼證據都搜不到，所以才沒辦法抓人，還說關燈其實是要縱放嫌犯。」

「我記得，葉家後來還真輸了市長選戰。」郭警官接著說：「儘管爾學義一開始或許只是要清內鬼，可是後來誤打誤撞，反而真的把葉家給扳倒了……」

「故事還沒完呢！」周朔打斷郭警官的思緒，露出了意味深長的微笑。

「的確，我們還沒聊到你是怎麼當上老大的。」郭警官也露出難解的笑容。

第三幕

一將功成萬骨枯

第一章　老長官與接頭人

天才微微亮起，此刻辰哥剛從一輛計程車裡走出，這條路上清一色都是三至五層的透天建築，外觀也相差無幾，因此辰哥先是研究了下門牌號，才終於鎖定一棟建築走去，那是三層樓的透天厝，外觀看來應該有個小型前院。

辰哥站到門邊的對講機前，稍稍聳了聳臂膀，把僵緊的西裝外套給鬆開來，接著兩腳的皮鞋前尖分別踢了踢地面，又折著腳凹了凹鞋面，最後深吸了口氣，清了清喉嚨，才終於按下門鈴。

「誰？」對講機很快傳來聲粗啞的嗓音，聽不清是男是女。

「我是市警局的孟夏辰，今天約了李大墉學長。」辰哥拘謹地應聲。

「進來吧！」對講機話音剛落，一旁的不鏽鋼門便傳來門鎖彈開的聲響，門也微微往內開了一個小角度，大概是裡頭的人按下了電動鎖，辰哥又稍稍理了理襯衫和西裝外套的領子，才推開門走了進去。

辰哥進了門後便將門掩上，前院看來沒有人等著迎接他，只見一旁停著銀灰色的休旅車，還有一輛靛藍色的摩托車，儘管停了這兩輛車子，餘下的空間還算很寬敞，地上擺了幾盆小樹，一角還砌了座假山造景的小池子。

小池子就在內屋的門邊，因此辰哥經過時瞥了一眼，裡面養了五六條紅黃交雜的錦鯉魚，每條魚都有半條胳膊那麼長，粗細則都有辰哥鼓著二頭肌時的上臂那麼粗，就好像五六條胳膊在水裡游一樣。

可是辰哥也不敢在水池這邊耽擱太久，很快就傾身往門前探去，內屋的鋁門並沒有關上，只有紗門掩著，透過細紗網，隱隱約約能見到裡面，裡頭的擺置和尋常的客廳相去不遠，都是三面木椅圍著一張桌子，前頭的櫃上擺了台電視。

其中一張三人座木椅上坐著一名男子，那人看來近六十歲，頭髮已成一片雪白，前額還禿了一大塊，而且沒像一般老男人那樣將頭髮往前梳，反而是往後梳齊，因此額頭又更顯高聳，此刻男人正專注地看著電視。

「李哥，鞋子是放外面嗎？」辰哥向裡頭喊了一聲。

「是啊！你外面隨便拿一雙拖鞋穿進來吧！」名叫李大墉的男子應聲道。

門旁有座鞋櫃，辰哥先拿了雙合腳的拖鞋放到門前的腳踏墊，隨後再靠著鞋櫃將皮鞋褪在鞋櫃前，接著才穿進腳踏墊上的拖鞋裡，最後推門走進屋裡。

「李哥早！」辰哥進門後先打了聲招呼。

「坐吧！」李大墉將遙控器放到一旁，示意辰哥到一旁的兩人座木椅坐下。

「謝李哥！」辰哥稍稍欠身，才坐到椅子上，坐下後又往西裝口袋摸了摸，從外套裡側口袋中摸出一只墨綠色的紙盒，放到了李大墉面前的透明壓克力桌上：「晚輩的薄禮，不成敬意。」

「喔！還帶禮物啊！」李大墉沒立刻打開，而是若有所思地撫了撫盒子：「我退下時也很多人送了禮物，一整大包的，我回來時就扔著，也沒甚麼心思看，昨天仔細翻了翻，找到你當年送的禮物，是一只手錶，是提醒我時間不多嗎？」

「李哥真愛說笑。」辰哥擠出了一個笑容。

「開玩笑的，這次又送了甚麼？」李大墉將紙盒拿起來，很快就找到接縫掀開盒蓋，從裡面拉出了一條寶藍色的領帶，他舉在眼前端詳著，微笑著點了點頭：「很中規中矩的禮物，回歸市警局長，的確需要這種體面的東西。」

「恭喜新官上任。」辰哥恭謹地祝賀。

「四年了……」李大墉悠悠地嘆了口氣：「我這是在原地打轉啊！」

「四年前是社會大眾錯看了李哥。」辰哥不慍不火地接腔，雙手手掌在膝蓋上摩了幾下：

「不過弟兄們都理解，這些年也都在等著李哥回去。」

「這些年……據說你幹得不錯啊！」李大墉纏了纏領帶，放回剛才的紙盒。

「哪裡，都承蒙您的照顧。」辰哥謙讓地應道。

「當年你是真的嚇到我了，就這樣直接闖到我的辦公室，說自己手上也有臥底，一開始想把你攆出去，後來發現，你手上的牌份量不輕啊！」李大墉將紙盒推到了一邊，望著辰哥又說：「過了四年，份量又更增了些吧！」

「份量或許夠了，可是弟兄們還等著您領導。」辰哥又謙退地答道。

「的確，當年所有的線頭都聚到我這邊，我也不敢將這整面網移交給下任局長，所以在我離開之後，整面網就停滯了。」李大墉點了點頭，收起先前的輕鬆，忽然正色道：「不過儘管沒有橫向聯繫，你們縱向的工作還是有做好的吧！」

「至少我這邊是有的，還是用臥底給的情報抓人。」辰哥拘謹地回答。

「那最近爆出來的校園毒品事件，又是怎麼回事呢？」李大墉語氣又更嚴肅了些：「居然能有一群高中生吸毒吸到掛掉，雖然以前不是沒有過，但是現在毒品的流通量幾乎要比四年前那時還多了。」

「有些牌……掌握得不是那麼好……」辰哥迂迴地應道。

「是周朔吧！」李大墉直截了當地說，並望著辰哥訝異的眼神搖搖頭：「新市長就是為了這件事把我復任的，你不會以為我一點功課都沒做吧！」

「當然，當然。」辰哥連忙端正了坐姿。

李大墉擺手要他別在意，接著問：「是因為記恨四年前那件事嗎？」

「這件事我們沒談開過……」辰哥低下頭。

「四年了……」李大墉茫然地望著前方，緩緩舒了口氣。

「有些事總不那麼好開口，放著放著就忘了。」辰哥苦澀地笑了笑。

「說來也是。」李大墉轉頭望向辰哥，忽然迸出一句：「你呢？恨過我嗎？」

「甚麼意思？」辰哥心虛地擠出探詢的眼神。

「當年我要你放棄那張牌，你不會沒恨過我吧？」李大墉視線仍沒移開。

辰哥稍稍想了一會兒，最後迎上李大墉的視線：「李哥的決定是明智的。」

「站在大局的我們當然這麼想，但作為被放棄的那個人，周朔賭的是自己的命。」李大墉往後躺上椅背，仰頭閉起雙眼：「而且他跟我們不同，我們的警察訓練一直在灌輸正義的信念，而他不過是要活下去而已。」

「之後的事情，李哥應該都有盤算了吧！」辰哥恢復先前不慍不火的語氣。

「當然。」李大墉仍舊仰著頭：「其實這事四年前早該做了，不過留到了四年後，似乎也不壞……留下的那一半都爬到更高的位置了，就等著最後的決戰。」

「日前北區某咖啡屋爆出中學生集體吸食毒品致死的案例，市議會敦促新政府正視毒品猖獗的問題，今早市府召開記者會，宣布因旅館街事件下台的李大墉回鍋擔任市警局長，並由近年查緝賭品績效最高的孟夏辰任副局長……」

酒吧吧檯內的電視播放著午間新聞，畫面上的主播不慍不火地對著螢幕讀稿，然而底下斗大的標題卻露骨地寫著：「爭議局長回鍋，新政府將重蹈葉家覆轍？」

現在是大白天，在酒店昏黃的燈光下，透過玻璃門透進的日光顯得份外耀眼，酒吧裡沒有任何一個客人，只有酒保和吧檯前坐著的周朔，酒保在吧檯裡清點著貨品和備料，周朔則坐在吧檯前的高腳椅上看著電視，面前還擺了只麵碗和玻璃杯。

周朔望著新聞畫面搖搖頭嘆了口氣，用筷子撈起碗裡一撮烏龍麵吸入嘴裡，麵條夾帶湯汁發出暢快聲響，讓他差點沒察覺酒吧玻璃門開闔造成的鈴鐺響聲，不過他也沒多在意，只是用手背擦了擦嘴，拿起裝有綠茶的玻璃杯輕啜一口。

正當他咂嘴放下玻璃杯，拿起筷子要撈另一口麵時，一個拳頭碰一聲砸到了碗邊的吧檯檯面，麵碗和玻璃杯循著震波漸次跳了一下，麵湯和綠茶分別在碗裡和杯裡泛起陣陣漣漪。

「怎麼啦？」周朔懶洋洋地放下筷子，緩緩望向站在一旁的許慧如，許慧如此刻一身辦公正裝，肩膀背著黑色提包，並對著周朔怒目而視，但周朔的視線沒在她身上停留太久，他接著轉向酒保，閒話家常似地說道：「你這桌子不結實啊！」

「釘子又鬆了嗎？我晚點叫人來修。」酒保很識相地沒追究一旁的許慧如，也是閒聊似地說著，並若無其事地拿抹布擦拭濺到檯面上的湯汁。

「我的資料又被偷了。」許慧如愣愣地看完他們一搭一唱，緊接著說道。

「妳是檢察官，這事妳得自己立案調查啊！」周朔又慵懶地應一句，接著又轉頭對酒保吩咐道：「你先休息吧！去裡面把阿全叫出來，剩下的讓他來就可以，晚點開店的時候再過來，等下你走的時候，順便幫我把店也關了。」

「不用關店，我問幾句就走！」許慧如聽了抗議道，不過又隨即拉回原先的話題：「這件事我當然立案了，我不只立案，現在還要來訊問嫌犯！」

「有證據嗎？」周朔望著走進店內休息室的酒保，淡淡地問一句。

「我還需要證據嗎?!」許慧如衝著周朔吼，拳頭又砸向吧檯檯面，弄得湯碗和玻璃杯濺出更多液體：「跟前幾次一樣，監視器都剛好壞掉，抽屜的鎖也不是被撬開的，而是整個用鐵鎚敲了下來，我都換了好幾張桌子了！」

「那妳下次應該把資料放進保險櫃。」周朔敷衍地應一句，見酒保領著一臉倦容的楊雙全走出休息室，便對後者喊道：「阿全！你來得正好，幫我把吧檯修一修吧！我怕撐不到晚上，這破木頭就要散架了。」

「是。」楊雙全應了一聲，又走回休息室去。

「你有沒有在聽我說話?!」許慧如又衝著他喊。

「有。」周朔雖這麼應著，可是又心不在焉地轉頭對正要離開的酒保喊道：「晚點見，記得幫我把門拉下來！」

「沒問題，朔哥。」酒保揮揮手便往玻璃門走去。

這時楊雙全已經從休息室拿了支鐵鎚出來，彎腰琢磨著吧檯的結構，先用拳頭四處輕敲幾下，慢慢鎖定了一個區塊，接著用鐵鎚用力敲了敲，敲完後還扶著檯面晃了晃，最後滿意地點著頭喃喃說：「就是這裡鬆了，應該沒問題了。」

許慧如愣愣地看著楊雙全修完桌子，在他握著鐵鎚再度走回休息室時，許慧如才大夢初醒般指著楊雙全手上的鎚子喊：「就是那根鎚子！你們就是用那根鎚子把我的抽屜砸開的吧！」

這時傳來酒保拉鐵門的聲響，整間酒吧也隨之一暗。

「鎚子那麼多種，你別見一個喊一個啊！」周朔無奈地嘆口氣，接著他轉頭環視了店內一周，因為是中午時分，店內沒有一個客人，酒保走了之後，就只剩他們三人了，這時周朔一改先前愛理不理的態度，望著許慧如說：「別鬧了。」

「我不管，我要把那根鎚子帶回去當證據！」許慧如說著便要繞過吧檯。

「妳有搜索票嗎？」楊雙全轉身將鎚子藏到身後，堵在休息室門口。

「給她吧！」周朔莫可奈何地對楊雙全擺擺手：「只有傻子才會當那是證據。」

「我會讓鑑識科查清楚的。」許慧如搶過鎚子，不甘示弱地說。

「查完了記得還我們啊！」楊雙全挑釁地喊了聲。

「許慧如，聽我一句勸……雖然我也說過很多次了。」周朔拿起裝著綠茶的玻璃杯，吞了一口後接著說：「要不是我罩著妳的話，妳早就已經死了。」

「你當年也答應要罩著我哥，難道我哥活了嗎？」許慧如很快頂一句。

周朔沉默不語，只是舉著杯子又吞了另一口綠茶。

「可不可以請你別再管我了。」許慧如說著忽然哽咽了起來，臉偏向了門口那側：「我沒別的辦法了，我哥死了，我總得替他討個公道，我也跟你說過，要是你不告訴我兇手是誰，我就掀了整個爾幫，你既然不幫我，也別攔著我了。」

「我也跟你說過很多次了吧……兇手就是我。」周朔舉著杯子淡漠地回應。

「別耍流氓了，我知道你不是。」許慧如惦了惦手上的鎚子，接著將它收進肩上的黑色皮質提包裡，然後認真地望向周朔的側臉：「有時真不明白你為什麼要混黑社會，你看來不是那種人，可是又聽說你最近扛下近一半的白粉生意……」

「那妳覺得妳哥是這種人嗎？」周朔終於轉頭對上許慧如的目光。

「他是為了我……」許慧如越說越小聲，很快便聽不清在說些甚麼。

「難怪新聞上老說現在的檢察官太年輕……」周朔又嘆口氣：「這世界沒有妳想像的那麼簡單，聽我一句勸，這世界就是一片險惡的叢林，千萬別讓人猜透妳在想甚麼，因為妳永遠不知道會不會有隻狼在妳家門口等著。」

許慧如好一陣子沒應聲，一會兒她才如大夢初醒般拉了拉肩上的提包，轉頭對周朔說了聲：「我走了，幫我開門。」

「阿全去幫她開門。」周朔也沒糾結剛才的話題，轉頭便對楊雙全喊道。

「是。」楊雙全應了一聲，領在許慧如前頭走向酒吧的玻璃門，門外的鐵門剛被酒保放下來，所以楊雙全開門後，一把將鐵捲門給提了上來，連撐桿也不需要，憑著單手的力道便將整道門送了上去，發出爽脆的嘩啦啦響聲。

外頭的陽光少了遮擋，一下全灑進店內，頓時明亮得有點刺眼。

「知道我為什麼那麼想知道誰殺了我哥嗎？」許慧如站在門前，身影頓時因為逆光而顯得耀眼：「因為如果我不插手的話，你一定會一個人替我哥復仇，要做的話，寧願是我來做，一來你沒有義務，二來我不是一個人，有警察替我撐腰。」

「警察替妳撐腰？」周朔嗤地冷笑一聲，稍稍側過身子，陰沉著臉冷冷接著問：「妳當警察甚麼了？人民保姆嗎？」

「我知道你不相信警察，可是我是檢察官，我信。」許慧如還站在那道光前面，理了理肩上的提包背帶，接著說：「我會用我的方法替我哥討一個公道，在那之前，我只希望你好好照顧自己。」

周朔聽了又冷冷一笑，過了好一陣子才高聲說：「妳先照顧好妳自己吧！」

「別喊了，人走了。」楊雙全說著闔上了玻璃門，傳來門上的鈴鐺響聲，他對轉頭過來確認的周朔聳聳肩後，便逕自走回店內，繞進吧檯倒了杯水，大口大口地往嘴裡灌。

周朔望了楊雙全一眼，又別過臉隨口問著：「你就這麼渴嗎？」

「電影不都那樣演的嗎……」楊雙全用手掌抹了抹嘴，輕咳幾聲後接著說：「就是一個人住院醒了，第一件事就是要水喝。」

「你住院了嗎？」周朔漫不經心地又問。

「我沒住院，倒是睡了一天。」楊雙全又裝了一杯水，在杯子湊到嘴邊前接著說：「這幾個晚上都累得像條狗，今天早上還得幫忙看店，還要修那破吧檯。」

「最近生意忙，辛苦了。」周朔只淡淡回了一句。

「說真的，你為什麼不乾脆告訴她是誰殺了強哥？」楊雙全忽然轉移話題。

「說了要幹嘛，讓她去找疤臉送死啊？」周朔疲倦地反問。

「現在她想掀了整個福東會，不也是送死嗎？」楊雙全把杯子放進水槽。

「至少她現在能掀的都是小角色。」周朔搓了搓後頸。

「不過她有句話倒說對了。」楊雙全此時認真地望向周朔，一如許慧如方才的眼神：「有時我真的搞不懂你，你看來是個好人，而且也努力要做個好人，可是這陣子似乎又對白粉生意特別熱衷，熱衷到連真正的壞人都看不下去了。」

「總之辛苦了。」周朔沒正面答覆，只又說了這麼一句。

「說實在我也搞不清自己。」楊雙全似乎也不在意周朔的敷衍，只自顧自地繼續說下去：「晚上做著白粉生意，白天時不時卻又會撞見強哥的妹妹，偏偏她妹就是個檢察官，有時真不知道自己算甚麼，我到底是個好人還是壞人？」

「別想那麼複雜，我們就是個人，一個人活著，得呼吸得放屁，就是如此而已。」周朔轉身望向許慧如離去的那扇門：「我們自己得先活著，然後行有餘力幫阿強看著他妹妹，讓她活得好好的……不需要那麼複雜，也沒甚麼好人壞人。」

「反正我是永遠不懂你那套鬼話，還不如拿這個時間去補眠。」楊雙全打開水龍頭，隨意沖了下剛才用過的杯子，就走回休息室。

周朔見他進了休息室，便從大衣內袋裡摸出一支摺疊手機，那手機看來已經震動好一陣子了，他又確認了下休息室的門口，看是不再有動靜後，才拿著手機走到酒吧玻璃門旁掀開翻蓋，接著邊打量著門外情形邊低聲應了聲：「喂？」

「我們有段時間沒見了吧？」在天台上強勁的風勢中，辰哥雖然身穿黃褐色大衣，不過還是瑟縮著稍稍抖了抖：「甚麼風把你吹出來了？」

「早在手機發明的時候，我們就該取消這樣的見面了，電話一通就能解決的事情，比見面省事多了，而且還安全。」周朔雖然也聳著肩膀，可是看來似乎正強忍著不打顫：「所以既然見面了，就別浪費時間，有屁快放！」

「以前的老師告訴我，要常跟臥底見面，免得他們忘了自己是誰。」辰哥慢悠悠地回應：「既然都來這裡了，相信你也是知道我們要收網了吧！」

「我只想要一個身分，然後別再讓我見到你。」周朔沒好氣地答道。

「你就這麼討厭我嗎？」辰哥收起笑鬧的神情，倏地臉色一沉，但在周朔開口前又擺擺手逕自接著說：「我們需要爾學義的帳本，我知道他不信任你，但現在警方的臥底又統合起來了，將每人手上的拼圖湊在一塊，總能將他送進牢裡。」

「所以我就是把手上的那塊拼圖交出來，」周朔應聲後挑挑眉：「然後呢？」

「甚麼？」辰哥也不解地皺了眉頭。

「拿到爾學義的帳本後，你們想幹甚麼？」周朔低頭踢了踢腳尖。

「想辦法起訴他，然後想辦法將他關到死。」辰哥乾脆地回答。

「你們只是關了爾學義，爾幫還在。」抬頭直視辰哥的雙眼：「你就算抓了爾學義，我和疤臉頂多鬧個幾天，最後總有一個人會把爾幫頂下來，即使連我們兩個都被抓了，也還有何萬章那樣的貨色。」

「也就是說，我得抓了你、抓了疤臉、抓了何萬章，爾幫這事才算完嗎？」辰哥雖然開口問著，然而看他的眼神，不像是真的不明白。

「不只我們三個，要把爾幫瓦解掉，至少得抓八九個老大，把能夠頂上爾幫老大的人選全都送進去，才有機會讓爾幫大亂，也才能真正瓦解爾幫。」周朔偏過頭，望著遠方的群山分析著。

「看來……你也有心理準備了？」辰哥沉重地吐了一口氣。

「我很早就知道，如果最後要搞個大事情，我也得把自己搭進去。」周朔也悠長地嘆了口氣：「只要當了臥底，就一輩子見不得光。」

辰哥不知該說甚麼，也偏過頭看向遠方。

「電視上老說甚麼汙點證人，還有甚麼窩裡反條款，可是那最多就是減個幾年，別說放出來哪天會出意外，說不定在放風的時候就被人捅死了，這事誰能保證？警察嗎？」周朔說這話時沒望向辰哥，只平淡卻無力地說著：「如果其他老大都進去了，就只有我沒有，任誰都會懷疑到我頭上，而且你們是好人，不可能給我搞一個假身分，到時是福是禍我都得自己受。」

辰哥還是不知道該回些甚麼，就只是靜靜待著。

「所以，我不能做汙點證人，也不能讓你們不抓我，我能做的，就是乖乖到苦窯裡蹲著……至於我替政府做的那些？忘了吧！那是我自願放棄的。」周朔攢起拳頭，半輕半重地一下下敲著大腿，臉頰因為咬著牙而不住抽搐。

「你最擔心的是許國強的妹妹吧！」辰哥終於開口。

「別在我面前提許國強……」周朔還咬著牙，忽然悶沉地喘著氣。

「這事你不該怪我……」辰哥軟弱地回應。

「這事恰好就是應該怪你！」周朔倏地爆出了吼聲。

「那是意外……」辰哥試著解釋，不過很快被周朔打斷。

「我這些年不提，你還真以為我是傻的啊！」周朔又衝著他吼。

「你先冷靜，我真的不明白你在……」辰哥攤開手，但是話說到一半就哽住了，因為他此刻見到周朔將手探進大衣內的腰包，從裡頭撈出一只陳舊的相機，那台相機就像許國強在旅館街時用的那台，而那腰包也和許國強的一模一樣。

「好在他是個傻子，以為沖洗過的底片還能用，所以將底片捲了捲又裝了回去。」周朔說著拆開了相機，將裡面的底片捲退了出來：「也還好你是個聰明人，搜許家時連看都不看相機一眼，這捲底片才有機會到我手裡。」

「裡面不都是他幫你拍的相片嗎？」辰哥沒動搖，只是遠遠望著那捲底片。

「乍看之下是這樣。」周朔將底片捲攤開，扯著膠捲不斷往軸心尋去，同時邊說著：「我當年就一直在想，為什麼許國強要拿著這台相機在旅館街亂晃？他一直都對乾堂的人有陰影，更沒理由帶著相機，那又是為了甚麼？」

說到這裡，周朔終於將底片捲攤到了最底，邊緣用膠帶和軸心貼合，周朔一把將軸心和膠捲給拆散，捏著最邊緣的一段底片，湊到辰哥面前，咬著牙低吼：「這幾張相片，是你要他拍的吧！」

「不是你要他拍的嗎？」辰哥望著一張張膠捲上的熟悉面孔，無力地反問，那些面孔都曾出現在那晚的旅館街，出現在爾學義當時所在的房間，也都曾出現在簽到處喊著「換紅紙」，那些人，都是爾學義的老搭檔。

「可是後來許國強沒把這幾張相片交給我，而且我要他盯的是旅館裡的人，這些相片卻都是在大街上拍的，從這些明顯的事實都可以推到一個共通的答案，那就是這些相片不是為了我拍的。」周朔見辰哥心裡明白了，便又將底片捲了回去：「他不可能恰巧找上這些人，肯定是某個人要他這麼做的，那些貨商的長相連爾幫自己人都不知道，所以對許國強下指導棋的人，只可能來自警方。」

「那你又怎麼確定是我？」辰哥雙膝微微一軟，扶撐著背後的水泥塊。

「像你們警察常說的，動機，只有你有動機。」原本振振有詞說著的周朔，說到這裡卻突然遲疑了，話幾次到嘴邊都說不出口，到口的話在嘴裡嚼了好一陣，幾乎要嚼爛的當口才囁嚅著說：「你的……動機，是為了救我。」

「我沒辦法違抗上面的命令，但是我多少都想救你的命。」辰哥又深深地吐口氣，才接著說道：「我假扮成徵信社，說要給許國強賺錢的機會，那筆錢數目很大，當時許國強自認讓坤堂虧錢了，因此就接下了這個工作。」

「警方手上有幾個貨商的名單，你讓許國強去拍這些人，目的就是要引開注意，許國強做得肯定比我顯眼，很快就能掩飾過去。」周朔替他說下去：「許國強那天晚上不敢去簽到，就是認出相片上的人，意識到自己做了不得了的事情。」

「我很抱歉，可是我沒別的辦法。」辰哥誠懇地低下頭。

「我也不知道自己該不該……甚至有沒有資格埋怨你。」周朔刻意不去看辰哥彎下的頸子：「我現在只想快點將這件事情了結。」

「不會太久的。」辰哥說話時頭仍低著：「上面已經定調，過去犯下的案子不會被追究，他們要你弄出一件新案子，就用那件案子來定你的罪，多大的案子你自己決定，如果你弄個安仔或K仔，說不定不用十年就能出來。」

「不到十年……」周朔冷哼了聲：「你說得倒輕鬆了。」

「這已經是最大限度了，如果你不想讓臥底的身分見光，就只能這樣幹。」辰哥稍稍抬起頭：「而且，你最近太過火了，幾乎一半的白粉生意都被你攬下來，如果就只關個三四年，難道其他人不懷疑？」

「你也知道，我是因為許慧如的關係……」周朔嘆口氣：「她一直想知道誰殺了許國強，如果我不說，就要掀了整個爾幫，讓她找疤臉是送死，讓她跟整個爾幫對幹也是送死，我只能把她盯上的白粉生意全扛下來。」

「這些罪刑算一算，就算不用槍斃，也足夠讓你關到死了。」辰哥不帶情緒地說道：「別擔心，我知道你名下還有資產，十年後還是一條好漢，至於許慧如，我會幫你看著她。」

周朔又幽幽地吐了口氣，幾度欲言又止，過好一會兒才開口：「許慧如的事情，我還沒好好謝過你。」

「舉手之勞而已，地檢署的人我都熟，而且也都能理解這麼做不是出於惡意。」辰哥嘴角微微一彎，從先前的陰霾之間裂出一抹淡淡的光亮：「她應該怎樣都不會想到，砸壞抽屜的是她上頭的主任檢察官吧！」

「那孩子跟她哥一樣傻，之後就拜託了。」周朔誠摯地欠身道。

「我會的，順便介紹幾個局裡的菁英學弟給她認識。」辰哥終於笑開懷。

「你先管好你自己吧！」周朔也淡淡一笑：「都老大不小了。」

「那需要我幫你介紹嗎？」辰哥笑鬧著用手肘頂了下周朔的臂膀。

「介紹幹嘛？讓她來監獄裡探我啊？」周朔表情複雜地撇撇嘴：「總之，我就是回去收齊我能接觸到的爾學義犯罪證據，然後訂個黃道吉日，選一個我還能接受的罪名，讓你們來抓我就對了吧！」

「大概就是這個意思。」辰哥收起了笑容。

「老實說，」周朔緩緩舒了口氣，望向遠方的群山，這座天台的最大好處，就是方圓五公里沒有更高的建築遮掩，環繞城市的群山便一覽無遺，不過這樣的美景並沒讓周朔放鬆多少：「十多年前在巷子相遇的時候，你有想到這麼遠嗎？」

「老實說，」辰哥也望向遠處：「我不記得了。」

「這樣也挺公平。」周朔點了點頭：「我那時是被你騙進來的，根本不可能想到這麼遠，腦子根本是空的，既然你忘了，那我們就打平了。」

「還是那句老話，這事不能全怪我，有部分是你自己選的。」辰哥把視線拉了回來，將大衣裹緊了些：「不過這事我們再吵十年也吵不出結果，反正我那時的確有利用你的意思，這我也認了。」

「這我也不跟你吵了，只要之後記得來看我就行。」周朔擺擺手。

「一定會的。」辰哥望著周朔的側臉，堅定地說。

第二章　生存是人生第一要務

在寒冷的冬夜，幾名配槍的刑警裹著大衣，蹲踞在草堆裡，沒有一個人的手敢露在外頭，兩條臂膀也緊緊纏在胸口前，努力使自己曝露在外的面積減到最小，整個人形縮成接近球狀。

如果將他們一個個分開來看的話，很難看出他們是刑警，然而幾個人聚在一起，刑警的氣息就益發強烈，整體像被一條隱形的紀律綁著，儘管不住搓著身子發抖，但那樣的浮動仍是有秩序的，就像水被攪動時，仍是規律地一起一浮一樣。

最明顯的，是他們現在一個個都縮成差不多的球，就好似搓好盛盤的湯圓。

不僅姿態大同小異，這幾人的目光也相當一致，此刻都正望著黑壓壓的遠處，那個方向幾乎沒有一點光，就像是一座毫無聲息的城市，也因為沒光害，星星便如一盞一盞燈在天上亮著，仔細看的話，會發現水平線下也有著浮動的倒影。

是海，這時海風吹向了蹲踞草叢的這群人，令他們不約而同地打了哆嗦。

「你說，辰哥怎麼就這麼肯定今天會有交易呢？」其中一名刑警抖著，望著遠處的海面問：「而且海岸線這麼長，我們這點人集中在這裡，要漏了怎麼辦？」

「你話怎麼這麼多呢！」另名刑警低聲罵：「辰哥給的情報有失準過嗎？」

「只是我們都等大半天了，連個鬼影都沒見到啊！」先前那個人又抱怨。

「據說辰哥在爾幫有人，消息總不會錯吧！」又一名刑警加入談話。
「旅館街那次不就都失算了嗎？」原先那名刑警又接口。
「反正等下去也不會有甚麼損失，我看你就是懶而已吧！」又一個人罵道。
「可是冷啊！再這樣下去就要殉職了……」被罵的刑警小聲碎碎念。
「你再這樣下去，學長們才會讓你因公殉職！」又有人低聲加入戰局。
就在一群人你一言我一語的時候，遠處漸漸傳來一點聲響，起初還懷疑是神經過敏，不過很快他們就發現那個聲音是真實存在的，而且越來越具體，接著漸漸能分辨出那是引擎的運轉聲，而且明顯正朝著他們的方向駛來。
不過往聲音的來源望去，仍舊是漆黑一片。
直到聲音又更近了些，才能從月光和反射的波光中隱約看見一個黑點，但在不穩定的光亮中，那個黑點只是時隱時現，要到再更近些的時候，才能看出一艘船的大致輪廓，因為船本身沒亮燈，所以一點也無法看出外觀的細節。
因為這樣的動靜，原先縮成一團的人群一下騷動了起來，一名刑警拿起無線電的麥克風說了幾句暗語，另一頭也透過無線電傳來了混雜沙沙聲的訊息，而幾個人又蹲得更低了些，儘量不讓自己的身子高過草叢。
彷彿過了一個世紀之久，船終於靠岸了。
而就在船即將下錨的時候，無線電那頭突然傳來騷動的聲響，接著遠處傳來引擎運轉的聲音，不過這次聲音不是自海上傳來，而是岸上，隨著引擎聲逐漸增大，又傳來砂石噴濺的聲響。

蹲踞在草地的人群紛紛往聲音的來源望去，儘管岸邊有公路的路燈照耀，但聲音的來源顯然沒在燈光所及的範圍，而且如果那是一台車的話，肯定也沒打開車燈，直到聲音又更近些時，他們才見到一台越野車正在沙地上奔馳。

「行動！」等到越野車前去和漁船會合時，領頭的刑警低聲喊道。

幾個人在草叢中以鴨步行進，一雙雙眼睛仍緊盯著岸邊的活動，由於是沙地淺灘，因此漁船停在離岸邊稍遠的距離，兩個人從船上跳下來，其中一人背上背著一只白色的袋子，另一個人看來則甚麼都沒拿。

越野車就停在浪頭打不到的沙地上等著，等到那兩個從船上下來的人上了岸，刑警們也來到了草叢的邊界，再往前一步，就是毫無遮掩的沙地了，因此他們停了下來，專注地望著岸邊的一舉一動。

終於那兩人從岸邊走到了越野車的車門邊，儘管燈光下看得不清楚，不過隱約還是可以見到，車子裡的人翻找出了一箱東西遞上前，而原本背著白色袋子的人則把袋子交了出去。

「行動！」領頭的刑警這時忽然高聲喊，原本蹲踞的人群瞬時站起來，紛紛往岸邊跑去，就在他們跑出去的同時，左右兩側不遠處也各跑出了一群人，從架式看來，大概也是待命許久的刑警，利用三面夾攻的態勢，圍向岸邊的犯罪團夥。

就在他們跑到中途的時候，身後的濱海公路傳來震耳欲聾的警車鳴笛聲，一如戰時的號角一般，更加激勵他們的士氣，又更奮力地往岸邊跑去，幾個人還拔出了腰間的配槍，以防隨時可能出現的攻擊。

然而對方並沒有要戰鬥或掙扎的跡象，就只是靜靜地待著，因為周遭仍如先前那樣漆黑一片，所以也看不出他們臉上的表情，分不清他們是被突發狀況給嚇傻了，還是在等待著甚麼。

等三群刑警跑到剩下五六步時，眼前的人和車忽然被巨大的光圈照著，幾個人邊跑邊回頭望向光線來源，那是濱海公路上的刑警架起了三台大型聚光燈，正往這邊照著，有幾台警車還駛下了公路，警燈在草叢中交替閃爍著。

「不許動！」領頭的刑警先喊道，儘管岸邊那群人從剛才就沒動過：「你們已經被包圍了，放下手中的武器投降吧！」

從漁船上下來的兩人從車那頭繞了過來，現在距離近了，再加上有聚光燈照著，才終於看清了兩人的外貌，那兩人此刻都穿著暗綠色的吊帶青蛙漁夫裝，其中一人是面色木然的楊雙全，另一名則是身材稍矮小、膚色黝黑的青年。

「舉起手，趴到引擎蓋上！」領頭的刑警又吼道，接著他舉著槍走向越野車駕駛座車門，因為聚光燈太過耀眼，車窗玻璃反射著強光，反而更難看清車內情況，領頭的刑警只能望著那塊鏡面般的窗子喊道：「下車！」

就在喊著的同時，另兩人懶洋洋地舉著雙手走到車前，順服地趴到了引擎蓋上，一旁圍著的刑警連忙上前搜身，然而此刻大部分刑警的目光，都聚焦在那扇緊閉的車門上。

最後，隨著一聲門鎖彈開的聲響，駕駛座的車門開了一條縫。

圍著的刑警們無不屏氣凝神地望著那微開的門縫，幾個人並不自覺地退了一步，可是十幾把手槍都不約而同地指向了車門，過好一會兒，車門緩緩地敞開到容許一個人下車的程度，刑警的槍口便從車門和門縫轉為瞄向車內。

不過他們並沒等太久，一隻腳隨後從車內跨了出來，伴隨一雙舉高的臂膀。

「出來，趴到引擎蓋上！」領頭的刑警又吼了聲。

車內的人不疾不徐地走出駕駛座，雙手仍舊高舉著，儘管被十多把槍圍著，表情仍是一臉從容，其中幾名刑警認出了他的臉，那正是周朔，很快他也走到了車前，身體趴伏到引擎蓋上頭。

「車內還有人嗎？」領頭的刑警對趴伏在前頭的周朔大聲問道，周朔只是懶洋洋地舉起右手掌擺了擺，領頭的刑警也沒想再問，便示意其他刑警行動，很快所有人就包圍了越野車，並同時打開車門檢視車內情形。

「沒人！」三道車門邊負責查看的刑警漸次喊道。

「搜！」確認車內沒其他人後，領頭的刑警便又喊。

因為暫時沒有危險了，原本拿著家用小型攝影機在後頭紀錄的刑警便站到前頭，場面也少了分緊張感，幾名站在前頭的刑警收起了槍，並戴起了手套，也能夠比較從容地展示物證給手持攝影機的刑警看。

「發現一個白色袋子！」一名站在副駕駛座旁的刑警忽然喊，並對著攝影機舉起一個白色袋子，確切來說不完全是白色的，而是稍稍偏黃的束口帆布袋，裡面看來裝著一個球形的物體，看那名刑警拿著的樣子，那東西應該有點沉。

「打開它！」領頭的刑警立刻下了指示。

手持袋子的刑警聞言拉開了袋子上的束口，從裡面掏出了一個白色的圓罐，不像袋子微微帶著點黃色，那個罐子近乎如雪那般白，刑警拿著罐子打量了一下，最後才高聲對領頭的刑警報告：「是骨灰罈！」

「打開吧！東西大概就在裡面了。」領頭的刑警語氣稍稍放緩。

「發現一個黑色皮箱！」這時後座又傳來另一名刑警的喊聲，那名刑警正對著攝影機舉起一只泛著皮質光澤的黑色手提箱。

「一樣打開！」領頭的刑警如釋重負地鬆了鬆肩膀：「這樣東西就都齊了……」

「報告！打開骨灰罈了！」在副駕駛座旁的刑警又喊。

「是白粉嗎？」領頭的刑警有些漫不經心地問。

「報告！不知道！」刑警很乾脆地回答。

「也對……」領頭的刑警拍了下自己的頭，然後轉頭對其他刑警吩咐道：「拿個袋子把證物裝好，送回去給鑑識科分析。」

「報告！皮箱打開了！」這時另一名刑警又喊。
「是錢嗎？」領頭的刑警稍稍打起精神望了過去。
「是！」攤開皮箱的刑警應了一聲，卻又露出遲疑的表情，幾度欲言又止，最後乾脆將打開的皮箱攤到長官面前，箱子裡頭的確是一綑綑花花綠綠的鈔票，不過又明顯和平常見過的不同，這時端著皮箱的刑警接著說：「是美金！」
「美金啊……」領頭的刑警似乎也沒遇過這樣的情況，一下就懵了，上上下下打量著皮箱好一會兒，還戴起手套翻了翻鈔票，但還是想不到該如何應對，最後只能拍拍皮箱，對趴伏在引擎蓋上的幾個人調侃道：「還挺國際化的啊！」
他不知道的是，周朔半貼在引擎蓋上的臉，此刻露出了一抹詭異的微笑。

周朔一個人獨自坐在偵訊室，儘管手上戴著手銬，他還是翹著二郎腿，一臉悠哉地靠著椅背坐著，戴著手銬的雙手就閒適地放在大腿上，百無聊賴地盯著單面鏡中映著的自己，還不時照著鏡子甩了甩頭髮的角度。
就在他又要甩頭時，偵訊室的門忽然發出一聲巨響，一名男子破門而入。
「為什麼箱子裡面裝的是假鈔？」走進偵訊室的是辰哥，他一進門便對坐在裡頭的周朔高聲質問。
「那不是假鈔，是冥紙，燒給兄弟用的。」周朔還是蹺著腿，輕浮地回應：「你也見到了那個鑵子，這不是很明顯嗎？」

「別跟我耍嘴皮，那鑵子裡面裝的是K仔！」辰哥站在桌邊居高臨下喝道。

「是嗎？」周朔嘖了聲：「那你有甚麼證據證明我知道裡面裝著甚麼？」

「把那套應對警察的話收一收吧！」辰哥煩躁地拍了拍桌子，然後轉身踱起方步：「你明知道我在說甚麼，我們不都說好了嗎？」

「這裡講這種話合適嗎？」周朔的下巴朝單面鏡的方向努了努。

「那後面沒有人。」辰哥儘管顧忌地放低了音量，然而還是忿忿地拉出了周朔對面的椅子，賭氣似地重重坐下：「你到底想怎樣？」

「我反悔了。」周朔聳聳肩：「這不是顯而易見的嗎？」

「之前不都還好好的嗎？怎麼就反悔了？」辰哥的怒意很快被疑惑給掩蓋了，歪著頭瞇起眼睛打量著周朔，就好像是從沒見過的生物一樣：「你一條罪都不想扛下，難道就這麼想死啊？還是又想做汙點證人了？」

「我甚麼都不想。」周朔低頭玩弄著手銬。

「我們不都討論過了嗎？那由不得你的！」辰哥的表情又轉為焦躁：「如果爾學義和其他老大送進來，你要不就做汙點證人，要不就陪著他們扛一點罪，利害關係你自己也分析過了，你哪來的第三條路啊！」

「有，」周朔這時望向辰哥認真地說：「我不想讓爾學義進去。」

「你……」辰哥一下哽住，手指歇斯底里地對周朔指了指，好一陣子才緩過心緒繼續說下去，但也沒法說太長的話，就只低吼一句：「你腦子進水了吧！」

「沒有，我反而覺得沒這麼清醒過。」周朔還是那副冷然面孔，在辰哥又要衝他吼之前，他接著說道：「我想過，爾學義現在就是條瘋狗，進了局子後會把他澈底逼瘋，他不會甘願自己落下水，一定會拉著許多人陪葬。」

「你怕他供出你？」辰哥這時終於冷靜下來，側著身子問。

「我們每個人都只有爾學義一小部分的犯罪證據，可是他有我們全部的犯罪證據，尤其是我，如果他想咬我的話，我不被槍斃就是萬幸了。」周朔冷靜地分析：「別說你們要放過我，知道我臥底身分的，就只有你和李大墉，即使你們放過我，那檢察官呢？偵辦爾學義的檢察官，不會放過從他口中套出情報的機會，而爾學義也想透過交換條件減輕自己的罪刑，尤其學生集體吸食毒品致死的那件案子，爾學義不可能自己扛下，那這件事就會成懸案，檢察官就會想知道答案，到最後的結果很明顯，就是把我拖下水。」

「那你現在想怎樣？」辰哥表情變得更加苦澀：「一輩子都不抓爾學義？」

「別用那種眼神看我，你也不完全是無辜的。」周朔的表情一下從冷靜轉為冷峻：「別說你從沒想過這樣的可能，李大墉就是為了那件校園毒品案上台的，新政府也指著他破那件案子，抓不抓爾學義倒是無所謂，反倒是如果抓了爾學義卻破不了案的話，才是最讓他頭痛的，我相信他也知道大半的毒品都經過我的手，如果抓不到我，毒品的案子就沒辦法破……你們表面上說抓一票老大是為了湊爾學義的證據，到頭來，其實是要湊足抓我的證據吧！」

「你的疑心病真的很重……」辰哥雖然故作無奈地搖搖頭，卻掩飾不了眼底閃過的一層陰霾。

「今天凌晨完全不需要這麼大陣仗，說到底你還是防著我吧！」

「我承認，我是怕了你。」辰哥攤手說道：「畢竟你這些年混得比真的黑幫老大都還要狠，我總得防著減低意外，可是也沒必要把我說得那麼不堪吧！」

「說得好像我背叛過你似的……」周朔咬著牙悶吼：「先背叛的人不是我！」

「我知道你有顧慮，但是我們不能不抓爾學義。」辰哥手扶著桌子，傾身向前說道：「檢察官那邊我們可以說情，你也知道，檢察官和我們也不是陌生人，要不然你就直接認了你是臥底，其實也沒那麼可怕，警察都可以保護……」

「你當警察是甚麼了？人民保姆嗎？」周朔語帶嘲諷地打斷辰哥的話：「這些年，你教我最受用的一件事，就是這句話。」

「甚麼不好學，偏偏學了這個……」辰哥偏過頭嘆了口氣。

大概是覺得話不投機，兩人就好一陣子都不說話，可是也不大眼瞪小眼，各自四處看著無關緊要的東西，過好一會兒，周朔望向一旁的電子鐘，像大夢初醒般輕拍著大腿輕聲說道：「妙了，今天也是十四號。」

「怎麼？還想著給爾學義交錢嗎？」辰哥從剛才就覺得心裡堵，好不容易有個借題發揮的機會，就一個勁地挖苦：「怎樣？是忘了讓小弟幫你備錢了嗎？要不要我讓你打個電話？」

「只是剛剛說到了以前的事，想來有些懷念。」周朔倒是不慍不火：「是你告訴我十四號是爾幫的收租日，是你讓我從一個受氣包轉變成一個收租的人……同樣的問題我還想再問你一次，十多年前的那天，你有想到這樣的結果嗎？」

「如果我想到了這樣的結果，我寧願讓疤臉繼續在坤堂待著。」辰哥口氣仍舊酸溜溜的。

「對你來說，現在的我比疤臉還難搞吧！」周朔只是淡淡地回以微笑，一點也沒有被激起情緒，就像一般閒聊般又接著說：「以前我沒敢問，到現在我倒想問問你，疤臉頭上的疤到底怎麼來的？」

「你總說你沒得選，有沒有想過疤臉其實跟你一樣？」辰哥收斂了刻薄的情緒，臉上頓時多了些感傷：「很多人以為，那道疤是甚麼英雄事蹟，但其實那道疤帶給他只有悲劇，因為那根本不是逞兇鬥狠留下的，而是出自他老爸的酒瓶。」

「我也用酒瓶砸過他，」周朔眼裡卻沒有辰哥那樣的悲憫，只是如談論童年糗事般，露出既懷念又有些羞赧的笑容：「他肯定氣炸了。」

「如果是酒瓶倒還好，主要那還是一支碎掉的酒瓶，才會留下那麼誇張的疤。」辰哥說著便搖搖頭：「因為那道疤，再加上那個年代還有髮禁，如果剪短頭髮，人們見到疤會當他是壞胚子，但如果留長髮遮住疤，他又是另一種形式的壞學生。」

「你這話要讓人聽見了，肯定以為你是在批評髮禁。」周朔調侃道。

「我不知道，每件事情都可能造成悲劇。」辰哥不置可否地聳聳肩：「每個人成長總會遇到幾個關卡，與其怪髮禁，還不如怪他那個酒鬼老爸。難道要因為香蕉皮讓人滑倒了，就說香蕉不好，甚至禁止生產香蕉嗎？」

「不過可以叫人不要亂丟香蕉皮。」周朔隨口應一句，然而隨即又自己拉了回來：「後來，疤臉去了育幼院？」

「這事你也知道？」辰哥驚訝地挑挑眉。

「看見那只包我就猜到了，雖然我和他大概不是同個育幼院，可是那只包是當年一名善心人士送給育幼院的禮物，刻意仿製明星高中的書包，為的就是鼓勵我們考上好學校。」周朔說著臉色一沉：「不過，那對我們來說都是很奢侈的夢。」

「所以你才會那麼在意那個包……」辰哥理解地點點頭。

「夢想實現不了，就只好把夢帶在身上。」周朔的眼神從沒如此哀戚過。

「疤臉和你的情況很像。」辰哥被周朔感染，情緒也一下變得深沉起來：「他也想做個好人，可是環境不允許，因為頭上那塊疤，把能對他有好影響的人給嚇跑了，剩下全是來找碴的。他不善於表達，因此在師長認定他是壞學生時，也沒辦法為自己做辯駁，當他遇上別人找碴時，也沒能好好求救。最後，他只能武裝自己，把大家的偏見化作現實。」

「你對他也了解得挺詳細的嘛！」周朔望著辰哥，忽然露出異樣的神情。

「他入獄那段時間，我翻過他在監獄的輔導紀錄。」辰哥簡短答道。

「聽起來是有點感人……」周朔抽著鼻子點點頭，不過看著就是有點矯情，一會兒他忽然像變了個人似的，先前的沉穩、感懷和哀戚都消失了，取而代之的是一抹悚人的笑顏：「我說辰哥啊！你還是不打算說實話嗎？」

「我不懂你在說甚麼？」辰哥歪著頭，眼神卻有些閃躲。
「旅館街那件破事發生後，外面就一直有風聲說，其實你們早接到爾幫高層的警告，但是怕爾學義有戒心，所以才派了一半的臥底去送死。」周朔灼熱的目光瞪著眼前的辰哥：「這些年雖然沒跟你講開，但從你的態度就知道，這是真的。」
「的確是真的，可是這也不是我有辦法決定的。」辰哥避開周朔的視線。
「你能不能決定，其實我不是那麼在乎，只是這麼多年來，我內心一直有個疑問，如果我是被犧牲的那一半，那留下的那一半……又是誰？」周朔望著辰哥，見對方好半天都不說話，便自己說出了答案：「疤臉。」
「你講這話根本毫無邏輯可言……」辰哥擠著笑臉搖了搖頭。
「我當然不是瞎猜的。」周朔沒讓辰哥繼續說下去：「要犧牲到我這個層級的臥底，你們必須有絕對的把握，那這另一半是誰呢？在坤堂待了這麼久，我能確定坤堂底下沒有其他臥底，那臥底就只可能是來自和坤堂相對等的乾堂。」
「疤臉也只是個空降堂主，你怎麼知道不是何萬章呢？」辰哥反駁道。
「何萬章對前任堂主被做掉的反應，正是我懷疑疤臉的關鍵。」周朔繼續說道：「乾堂的前堂主因為被懷疑是警方內鬼，才會被爾學義做掉，如果何萬章也是內鬼，那他應該避得遠遠的，可是他正好相反，反而處處替前堂主打抱不平。」

「說不定他是想反向操作啊！」辰哥又反駁。

「在爾學義底下做事，容不得甚麼反向操作，因為只要一點懷疑就可能會引來殺機。」周朔搖搖頭：「而依照何萬章的說法，前任堂主是被疤臉告發才出事的，疤臉一直是個獨來獨往的人，就算他不小心見到內鬼的證據，他會告發嗎？」

「你怎麼又知道他不會做甚麼……」辰哥也搖了搖頭。

「總之，綜合上面幾個疑點看來，另一個說法似乎合理些。」周朔沒讓辰哥繼續說下去，逕自說：「疤臉才是內鬼，告發前任堂主的證據不管是不是真的，都是別人給他的，目的就是要讓他上位，讓他當上他原本沒興趣的堂主位置。」

「這都只是你的假設。」辰哥又搖了搖頭。

「當然，你也可以這麼說，但最讓我想不透的是另一件事。」周朔在這裡稍稍停下，緩緩舒口氣後，才繼續說下去：「旅館街的那天晚上，如果是過去的那個疤臉，應該是會朝我開槍的，無論是出於洩憤或自保，他都應該開槍。」

「或許他只是顧忌爾學義。」辰哥聳聳肩。

「沒必要顧忌，只要他搶快殺了我，就算爾學義覺得可惜，也不至於跟疤臉翻臉，畢竟他還有利用價值，反之疤臉當晚沒開槍，死在槍下的可能就是他了。」周朔望著辰哥說：「你還不明白嗎？他之所以不開槍，是因為知道我是臥底。」

「你該不會想說，是疤臉救了你吧！」辰哥嘲諷地冷笑。

「人會變的，而且照你的說法，他底子本來就不壞。」周朔沒因此動搖，繼續說著：「我不知道你透過甚麼方法說服他成為臥底，既然他知道我的身分，代表你信他多過於信我，你的選擇也證明了這件事，因為我原本是要被犧牲的。」

「我說過，那不是我選的。」辰哥兩手一攤。

「無所謂，是我的話也會選疤臉。」周朔聳了聳肩：「畢竟我那時在爾幫打滾那麼多年，都要混成真的老大了，再加上當時道上已經傳出風聲，說我透過警察除去自己的敵人，我被爾學義做掉的機率本來就比疤臉高。」

「到現在都是你自己在說，我可沒說疤臉就是內鬼。」辰哥無力地反駁。

「不要緊。」周朔撇嘴笑了笑，忽然話鋒一轉：「我倒想問問，你為什麼那麼喜歡上天台？」

「你真是不按牌理出牌啊！」辰哥又苦笑：「這又是在鬧哪齣？」

「我幾次都想不明白，天台是個開放空間，如果要跟臥底見面的話，找個汽車旅館或是酒店包廂，都是比較好的選擇吧！」周朔逕自說下去：「但後來我懂了，你選的高樓是個制高點，方圓五公里內沒有高過它的建築。先別說狙擊槍打不了那麼遠，如果要偷拍，也只能透過遙控飛機，可是那又會相當顯眼，而且天台上一覽無遺，沒甚麼可以安置針孔攝影機的地方，你每次都早到，就是為了確認這件事吧！因此天台看似是個開放空間，卻是最能保密的見面地點。」

「這我倒是同意你，這些事都是經過再三考慮的。」辰哥稍稍放鬆了些。

「的確，你是個相當謹慎的人。」這話讓辰哥差點彎起善意的嘴角，但周朔的下一句話又讓他心頭一震：「方圓五公里內沒有更高的建築，你也不可能總是大費周章到外縣市，所以，如果要跟疤臉見面的話，也會選在那個天台吧！」

「你……」辰哥全身肌肉都緊繃起來，但又連忙用無所謂的表情掩飾過去。

「你是個謹慎的人，但你的謹慎會害了你。」周朔沒放過辰哥閃瞬即逝的微表情，語氣裡更增添了自信：「你不會屈就風險第二高的見面場所，可是正因為如此，才讓你的行動更好鎖定。」

「你有證據嗎？」辰哥露出可怖的表情，就像要將周朔吞了一樣。

「我曾經讓徵信社跟了你們兩年，那時我還沒悟出這番道理，因此他們只像無頭蒼蠅那樣亂跟，這些年你以為我是因為恨你才不跟你見面，其實是怕徵信社拍到不該拍的東西，反過來威脅到我。」周朔略過辰哥驚訝的神情，接下去說道：「你很聰明，疤臉也不笨，所以幾次都雙雙甩開了徵信社的跟蹤，之後我漸漸悟出那個道理，為了避免打草驚蛇，我把徵信社的人撤了，獨自驗證這個想法。」

周朔在這裡稍稍停頓，辰哥偏過頭，似乎不想再多說甚麼。

「我想，與其用說的，不如直接讓你看結果。」周朔鑄住的雙手拉開大衣一側，從內袋裡面撈出一只棕色信封，放到桌上往前推向辰哥：「我必須嘮叨一句，你們搜身還不夠確實啊！」

辰哥沒心思回應周朔的調侃，將桌上的信封摳了起來，那是卡片大小的信封袋，摸起來也像裝著張卡片，然而正是這樣，讓辰哥更加不安，因為那同時也是相片的大小，果不其然，打開信封後，辰哥從裡面抽出了一張相片。

「有件事你失算了。」在辰哥擺弄著信封的同時，周朔還繼續說著：「儘管方圓五公里內沒有一棟高樓，可是這城市就是座盆地、四面環山，只要在近旁山上架好相機，裝上拍野鳥用的那種大砲筒，天台上的情況還是一覽無遺。」

辰哥這下更沒心思應對周朔了，愣愣望著手中的相片好一會兒。

彷彿過了半世紀那麼久，辰哥才顫顫地放下手中的相片，向前推回到周朔面前，相片上拍的明顯是那座熟悉的天台，只不過主角換成了辰哥和疤臉，此刻辰哥按著相片，神情悲愴地望著周朔，顫聲說道：「告訴我，你做了甚麼事……」

「我把相片給了爾學義。」周朔淡漠地回答。

「你是不是瘋了！」辰哥猛一跳了起來，衝上前去捉住了周朔的大衣領子，粗暴地前後劇烈搖晃著後者吼道：「你知道這會要了他的命嗎？」

「我的確想要他的命，」周朔無動於衷地回望辰哥：「他要為許國強償命。」

「你……」辰哥捉著領子的力道頓時鬆軟下來，搖搖頭後退了幾步，歇斯底里地喃喃自語：「可是他救了你的命啊……」

「的確，所以我給了他一個活命的機會。」周朔冷不防地回應。

「甚麼機會？」辰哥聞言眼神一亮。

「現在幾點？」周朔這時卻慢悠悠地抬起頭，望向一旁掛著的電子鐘，電子鐘面的指針顯示十點二十多分：「那還行，爾學義十點半約疤臉見面。」

「在哪裡？」辰哥也望向時鐘，焦躁地問道。

「雲雨館的會長包廂。」周朔乾脆地回答，在辰哥轉身往外跑時又喊：「給你一個忠告，千萬別打手機，見會長都要早到，他現在大概在那邊等了，手機也可能被爾學義的手下收過去，你現在打去只會害了他。」

辰哥只應了聲「是」，隨即拉開門跑了出去，周朔望著辰哥的背影，又望了望桌上放著的相片，頓時露出了交雜著苦澀和寬慰的複雜表情。

條子有膽子進來，怕是沒腿走出去。

這句話一直到辰哥到旅館街營救疤臉那天都還適用，而辰哥的解決方法，就是用三台黑色賓士硬闖，三台車就直接在雲雨館前停成一排，車才剛停妥，每台車就不約而同各下來三名身著深色系服裝的男子，獨留三名司機在車上。

「C隊顧車，B隊解決一樓的人，A隊隨我上樓。」領頭的辰哥很快地交代過工作配置，立刻領著兩小隊，共五個人闖進雲雨館大門。

「幹甚麼東西?!」甫進門，就有兩名黑衣人面露凶光地走上前。

「會長的人，別多管閒事。」辰哥從黑色襯衫的胸前口袋掏出一張名片，隨手往那兩人的方向扔去，名片在空中盤旋了幾圈便落到地面。

「識相點就自己撿起來！」兩名黑衣人中的一人高聲喊道。

「阿純，幫那兩位殘疾人士撿一下吧！」辰哥沒停下腳步，頭也不回地隨口吩咐了一名B隊成員，就又加快腳步往電梯的方向走去。

「搞甚麼?!你給我站住！」其中一名黑衣人又吼。

「混帳！」辰哥終於走到電梯門前，邊罵邊按下了上樓鍵，利用等待的空檔轉身又接著罵：「都不知道會長包廂出事了嗎？還得勞駕老子來收爛攤子！」

「會長包廂出事了？」兩名黑衣人的下巴同時掉了半截。

就在這時候，那名被喚作阿純的警員，正好撿起了地上的名片走上前，一名黑衣人一臉迷茫地接過名片，說時遲那時快，阿純從大衣內袋掏出一支電擊棒，先往接過名片那人的脖子一戳，接著在另一人反應過來前，向對方又是一戳。

阿純表情淡漠地望著雙雙倒地的兩人，將電擊棒收回大衣內袋，接著雙手從兩邊的後褲口袋摸出兩副手銬，蹲到地上便開始作業，同時他的兩位隊員也連忙趕上去蹲下，分別對兩名黑衣人進行搜身。

「B隊控制一樓現場。」辰哥對地上蹲著的那三人喊道，此時電梯也傳來了「叮」的響聲，辰哥便轉身向另兩人打手勢：「A隊隨我上樓。」

進電梯後，辰哥立刻按下了關門鍵，並接著按下樓層數字「九」。

「警衛會不會等等把電梯停了啊！」其中一名隊員擔憂地問。

「難道你想用跑的嗎？到九樓都累成狗了。」辰哥先是沒好氣地應道，接著才以長官的慈愛面孔激勵：「難道你不相信自己的夥伴嗎？他們都和你受過同樣的訓練，也不是第一次面對這樣的情形了。」

「可這是旅館街啊……」同一名隊員仍舊焦躁地呢喃。

「你知道我們跟他們最大的不同是甚麼嗎？」辰哥終於轉過身面向自己的下屬，那名不安的下屬其實身形沒和其他隊員差多少，至少和旁邊那位一直沉默的夥伴就差不多，只不過面孔看來稍稚嫩點，但也可能只是因為表情外露的緣故。

「我們是警察，而他們是黑道？」對方不確定地回答。

「不，我們當然是警察，可是答案遠不只這樣。」這時辰哥的背後又傳來開門聲響，他在門打開的空檔間說完了下面這段話：「我們和他們最大的不同，就是他們沒料到會有一場打鬥，而我們則是專程來海扁他們的。」

說完這段話的同時，電梯門也開到容許一人側身通過的程度，辰哥此時從大衣內袋裡掏出一條警用鋼製甩棍，往旁邊用力一甩，原本比手掌稍長一點的鋼棍，立刻就伸長到三分之二條臂膀的長度，接著他便抄起鋼棍轉身往電梯外走去。

九樓的兄弟顯然還沒收到騷動的信息，辰哥走出電梯時，十多個人還閒散地排排站在會長包廂的門口，見到不速之客還一時反應不過來，過許久才想起要往他們身上圍去，一個個都往大衣內袋裡掏傢伙。

然而就像辰哥說的，他們沒預期到會有一場打鬥，因此掏出來的都是蝴蝶刀、短刀、手指虎之類的小東西，儘管這些東西在甩棍面前都相形遜色，可是憑著人多勢眾，眼前十多名黑衣人還是沒頭沒腦地圍了上來。

辰哥留意了幾個帶刀的人，一箭步就朝幾條持刀的臂膀揮擊，被擊中的幾名小弟瞬間吃痛，持刀的手也頓時酸軟下來，刀子便紛紛落下，儘管在吸音毯上撞擊不出太響亮的聲響，然而刀面彈跳旋轉的反射光芒也還是讓人目不暇給。

在揮擊刀手的同時，辰哥還順勢用手柄頂擊了幾個人的胸膛，大多數人無法承受這樣的鈍擊，往往在擊打的當下瞬間眼前一黑，立刻往後仰躺到地上，而這樣的突發狀況又打亂了他們擁擠的陣型，讓辰哥的攻勢更加游刃有餘。

對於那些使用手指虎的，儘管他們大多站在稍遠處，辰哥還是毫不留情地用甩棍奮力往他們的拳頭招呼上去，看他們痛楚的表情，還有誇張變形的手指，就可以大致猜到，他們未來的復健之路將會相當漫長。

過不了幾分鐘，原先圍成幾圈的黑衣人已經躺成一地，就像散落一地的泥漿般，癱軟在地上並不時發顫，儘管看來大概都不會造成甚麼威脅，但辰哥還是謹慎地用甩棍凌空劃過這群人，幾個人討饒地退了退，而剩下的則早已昏死過去。

現在站著的，就只剩下遠處怯戰的兩名黑衣人，還有辰哥身後的兩名下屬，辰哥在確認暫時不會有危險後，轉身望向身後的兩人，那名怕事的隊員正目瞪口呆地端著槍，另一名一直沉默的悶油瓶則握著電擊棒，四處尋著可下手的目標。

「我不是說過別用槍嗎？」辰哥不滿地對持槍的下屬皺了皺眉。

「可是他們人那麼多……」對方囁嚅道，端槍的手還微微顫抖著。

「那你開槍了嗎？」辰哥沒等他說完，便沒好氣地反問。

「沒……」

「用不上的武器，就是沒用的武器，字面意思懂嗎？」辰哥說著甩了甩握著鋼棍的臂膀，另一隻手在肩膀上搥了搥：「這次有經驗了，下次就別犯……」

此時，冷不防地傳來一聲槍響。

隊員手上端著的那把槍顯然沒冒出火花，辰哥趕忙轉過身望向那兩名怕事的黑衣人，卻見到更加茫然的眼神，掃過腳邊的那片黑海，顯然沒人開槍也沒人中彈，再加上那聲音比一般的槍聲微弱許多，這樣聲音的來源只剩下一個可能……

就在辰哥四下確認的同時，又傳來了三聲接續的槍響。

辰哥立刻往會長包廂的那扇門奔去，那兩名黑衣人也識相地讓了開來，因此辰哥毫不費力地就推開了那扇雙開門，進入讓客人等候用的小隔間，與周朔三年多前到來時相同，裡面仍舊只設有一套桌椅，只不過這回椅子上沒有坐著人。

因此辰哥很快又往第二道雙開門推去，然而，這次卻受到一點阻力，原以為只是門稍重的關係，但用力一推又發現不是這麼一回事。

發現使勁推不成後，辰哥稍稍退後了幾步，助跑後奮力往兩扇門間的門縫撞去，才總算將門衝開，可是門打開後一下煞不住，加上小腿又不知被甚麼東西絆了一下，最後只能狼狽地踉蹌倒地，摔落到包廂的長桌前頭。

辰哥好一陣子都沒法爬起身來，只覺得一陣天旋地轉，過一會兒才終於讓意志力戰勝暈眩，努力支起身子站起來後，首先第一件事就是回頭看方才絆倒自己的究竟是甚麼東西，沒想到這一回頭讓他宛如被搧了一巴掌，一下全醒了過來。

橫在他後面的，正是一具眉心中彈的男性屍體。

之所以說是屍體，除了那道直截了當的槍傷外，就是那近乎凝滯的神情。那屍體的身長超過一百九十公分，體重恐怕破百公斤，整個身子就橫在雙開門前，因此剛才辰哥才怎樣都推不開那對門，入門後小腿又像踢到一堵矮牆一樣。

不過辰哥的視線沒有停留在這具屍體上太久，立刻環視包廂內的情況，他很快發現這房間裡還有個人是站著的，反射性地便要蹲下，可是當眼前的影像終於映射到腦皮質上時，他又立刻放心地站直。

因為那名站著的男子就是疤臉，他就站在長桌的另一端，此刻的他也好像才認出了辰哥，原先端著槍的手才終於垂了下來，無害地貼在褲管邊。

「怎麼回事？」理清思緒後，辰哥擠出了第一個問題。

「我……」

疤臉正要說些甚麼，辰哥身後卻冷不防爆出撞擊的聲響，伴隨著兩個嗓音齊聲大喊：「警察！不准動！」

「你們也慢太多拍了吧……」在理解來者是誰後，辰哥緩緩轉過身調侃。

「對不起！辰哥！」兩人又齊聲喊道，那是剛才還在外頭的兩名A隊成員，此刻他們先是有點訝異地看著持槍的疤臉，露出警戒的神情，接著又立刻注意到腳邊的屍體，最後他們又不約而同地望向更遠處的地面：「天啊！」

辰哥一開始還不太明白，不過很快就理解到事情的嚴重性，因為剛才只注意腳邊的屍體和站著的人，卻忘了剛才總共聽見了四發槍響，而且最重要的是，這包廂裡應該還要有另一個人……

順著兩名隊員的視線望過去，辰哥很快找到了答案，爾學義就躺在長桌那頭的左方地面，也就是他的老位子旁邊，而且那也很明顯是具屍體，除了眉心上那一槍斃命的傷口外，再來就是他那凍結在震驚瞬間的表情。

辰哥往右側地面看去，那裡也躺著一具屍體，身材與門口那具差不多高壯，不過是背面朝上的，背上和後腦杓各有一處槍傷，儘管口徑都不大，不過因為背部傷口周圍浸染著大面積血液，所以顯得特別怵目驚心。

最後辰哥的目光從地面上移開，轉而專注另一個更重要的細節，因為長桌的盡頭赫然擺著一張相片，就放在爾學義老位子前頭的桌面上，儘管辰哥距離稍稍遠了些，但他還是能清楚辨別相片內容，畢竟他數十分鐘前才看過同樣的相片。

那正是辰哥和疤臉在天台上會見的相片。

同樣的偵訊室，同樣的兩個人，卻少了劍拔弩張的氣息，儘管如此，作為替代的並不是友善，而是一方的悠然和另一方的無奈，周朔還是像先前那樣從容地坐著，辰哥則疲倦地側著身子癱坐，右臂膀無精打采地垂在椅背旁。

「你的臥底沒事吧？」周朔閒聊似地開口。

「沒甚麼，雖然晚了，不過他自己也處理得來。」辰哥也漫不經心地回應，腦子像在思考別的事情，眼神沒對著焦，伴隨幾次吸鼻子和皺眉，他才終於醒了似地抬頭望向周朔：「我說，這一切你是不是都算到了？」

「要是在幾年前，這會是我對你說的話。」周朔意味不明地淺淺一笑，接著將銬起的雙手向前一攤，弄出金屬碰撞的清脆聲響：「無論如何，都說說看你的故事吧！我喜歡聽故事。」

「好吧！」辰哥左手拍了下大腿，儘管還是一臉疲倦，但他還是稍稍提起了精神：「總之我到包廂外時，就聽見四聲槍響，之後進了包廂內，見到站著的疤臉和躺下的三具屍體，其中也包含了爾學義，而桌上就放著你給我看的那張相片。」

「繼續。」周朔聽了點點頭。

「另外兩具顯然是爾學義的保鑣，其中一具橫在門口，除了擋住了門之外，還把我絆了一跤，爾學義和疤臉都在長桌盡頭，另一具保鑣屍體則是在偏疤臉那側的地面上。」辰哥說到這裡又稍稍停下，抬起左手抹了抹臉。

「這有甚麼問題嗎？」周朔歪著頭聳聳肩。

「門口的那具屍體是眉心中彈，另一名保鑣中了兩槍，一槍在背上，另一槍在後腦，從血量來看，背上那槍是致命傷。」辰哥這次沒等周朔接話就直接說下去：「我先說疤臉的說法，他說爾學義先拿出相片，接著拔出腰間的槍要殺他。他奪過槍殺了爾學義，之後又很快殺了站在門前的保鑣，最後另一名保鑣想逃，他從後面開了兩槍，一槍擊中背部，另一槍擊中後腦。」

「還是那句，這有甚麼問題嗎？」周朔還是那副蠻不在乎的神情。

「有問題，問題可大了。」辰哥苦笑著搖搖頭：「那兩名保鑣都沒有帶槍，甚至另一名保鑣都轉身要逃跑了，為什麼疤臉還要開槍？而且就像是非致這兩人於死地不可？就好像……他不想在房間裡留下其他活口。」

「那你的故事呢？」周朔面不改色，被銬著的雙手又向前攤了攤。

「我沒甚麼故事，就是想簡單告訴你，那張相片上面沒有硝煙反應。」辰哥說著，食指在桌上用力戳了戳：「硝煙反應不只會留在槍手身上，還會散布在開槍當下的周遭環境，比如說桌上的相片。」

「你的意思是，那張相片是後來放上去的。」周朔導引著辰哥說下去。

「既然相片在開槍的當下不在桌上，既然中槍的人都死了，那放相片的人也就很明顯了吧！」辰哥望著周朔輕輕搖搖頭：「放相片的是疤臉，而你也有這張相片，兩個答案都很簡單，可是把它們兜在一起，我卻又搞不明白了。」

「答案沒那麼難，」周朔搖搖頭：「倒不如你先說說看。」

「你用這張相片威脅疤臉，逼他殺了爾學義？」辰哥不大肯定地問。

「你這不是把答案給講出來了嗎？」周朔嘿嘿冷笑幾聲，接著卻忽然又板起面孔，就像川劇在揮袖之間倏地變臉：「是的，是我要他做的。」

「還是那個問題，為什麼？」辰哥又眉頭深鎖。

「很好，看來你還能拉下臉來問幾個問題。」周朔迎上辰哥的視線：「真正的無知，是搞不清楚自己該問甚麼問題。你找到了第一個，卻沒想過第二個：我為什麼要待在這裡？」

「不是為了讓我看那張相片嗎？」辰哥乾脆地反問。

「看相片有很多種方式，未必要搞這麼大。」周朔微微聳起一邊的肩膀，接著一字一句緩慢卻異常嚴肅地說著：「容許我再提醒你一次，今天十四號，所有人都要向爾幫交錢。」

辰哥雖然也意識到事情不單純，然而想了幾回還是不明白：「所以呢？」

「我和楊雙全，坤堂的第一和第二號人物都在這裡，你不覺得奇怪嗎？」周朔微微瞇起眼，身子也稍稍趨向前，就像要在辰哥臉上吐個煙圈：「黑道不玩轉帳這套，今天要交錢，堂口可是會積著成堆的現金啊！」

「你是說……其他堂口會趁火打劫？」辰哥似懂非懂地又問。

「山中無老虎，猴子稱霸王，老虎只有一隻，卻有一堆猴子，哪隻猴子要想稱王，就得先下手為強。」周朔歪著頭，冷冷笑著繼續說：「凌晨放出我和楊雙全被抓的消息，其他堂口或許還會有些疑慮，可是他們現在知道大人也出門了。」

「這對你有甚麼好處？」辰哥充滿疑慮地皺起眉頭。

「如果毫無準備的話，當然對我沒好處，但是既然都說出口了，就代表不可能毫無準備，也不可能沒有好處。」周朔瞬間收起笑容，表情變得冷峻：「我事先已經做好部署，誰要想動坤堂的主意，就等於踏進了一個精心設計的陷阱。」

「這就是你的目的？」辰哥顯得不可置信。

「當然，要排除異己有的是方法，坤堂也不缺這個實力。」周朔說著點點頭：「但凡事都講求名正言順，坤堂雖然勢力大，不過如果隨意去招惹別人，也會淪為公敵，到時就會有點棘手。更何況要滅一個堂口遠遠沒那麼簡單，這不像學生幫派，只要把老大弄殘了就沒事，要完全廢了一個堂口，少說要處理掉五六個人，爾幫下面幾十個堂口，如果每個都要處理，只會惹得一身腥，還未必能得人心。倒不如創造出一個口子，讓幾個傻蛋自己撞上來，可以名正言順地殺雞儆猴，不需要做得太絕，就能達到共主的位子。」

「如果我現在派警察到坤堂維持秩序，兩方人馬打不起來，你的計謀是不是就起不了作用了。」辰哥雖然這麼說，不過他也沒有急著行動，因為他知道周朔肯定有後話。

「警察去了倒好。」周朔又聳聳肩，蠻不在乎地攤了攤手：「直接把惹事的那幾批人馬抓起來，我的兄弟連汗都不必流。」

「這麼冷的天，也流不了幾滴汗吧！」辰哥沒好氣地應聲。

「第一次嘗到這種任人擺布的滋味，肯定不好受吧！」周朔挖苦地冷笑。

「你就這麼想當老大？」辰哥沒搭理他。

「我沒得選。」周朔嘴裡雖這麼說，可是臉上又掛著不合時宜的輕佻笑顏。

「你總說自己沒得選，疤臉又有得選嗎?!」辰哥終於惱怒地爆出低吼，整張臉頓時像張鼓面一樣震了起來：「你知道他之後會怎樣嗎？至少那個中兩槍的屍體，就足夠為他安上一條謀殺罪了。」

「那是他自找的，」周朔冷然地應道：「他得替我兄弟償命。」

「兄弟？你還真當自己是黑社會啦！」辰哥聲音仍舊抖著：「你知不知道疤臉那時候是為了救你？你自己也知道，他那時候隨時都可以要你的小命。」

「所以我沒把他逼死，」周朔望向辰哥：「至少我知道你會救他。」

「我……」辰哥一時說不出話，偏過頭拍了下腿，過好一會兒才把胸口的悶氣給理勻些：「好，不說疤臉，就說你那白粉生意害死了多少人？你現在這一搞，爾幫破不了，之後的人命怎麼算？」

「怎麼算？」周朔忽然又不合時宜地冷笑一聲：「你瘋了嗎？」

「什麼？」辰哥一下被周朔的反應給弄懵了，儘管還在氣頭上，卻也一時不知該怎麼接著罵下去：「你……」

「我什麼我？我不是警察，那本來就不是我要煩惱的事。」周朔的表情從沒如此疏離過：「再說破了爾幫，難道毒品就會消失了嗎？毒品的本質就是個癮頭，對吸毒的人來說，是藥效讓人上癮，對幫派來說，是那背後的利益讓人上癮。」

「你……」辰哥還想接著罵，可是在理解周朔的想法後，反倒更加不知道該從何說起了，幾度欲言又止，最後只能沉默地瞪著地上的一個點發愣。

「只要在黑社會混，不碰毒品，就是少一個財源，之後就是等著被消滅，除非這城市沒有黑社會，不然毒品不可能消失。」周朔說著嘆口氣：「可是這城市要不要有黑社會，不是我或你可以決定的，是這社會決定的。」

辰哥稍稍抬起頭，露出疑惑的神情。

「我花了很長的時間才搞懂『黑社會』這個詞，之所以稱它作社會，是因為它不是一個團體，或某類團體的集合，它本質就是個小社會，或者說它是這個社會的另一面，這個社會的陰暗面。」周朔的表情從疏離轉為沉重：「這個社會是張複雜的網，我這些年只疏理出其中一小部分，越理解的同時也越害怕。我知道你不能理解，不能理解我為什麼那麼害怕臥底的身分曝光，因為你不懂這個社會運作的方式，你不明白要取代爾學義成為共主，需要打通多少關係，將他過去政商的人脈一一接收過來，我才能站到這個位置……你不懂，爾學義的死不是奪權的手段，而是一連串權力運作後的結果。」

辰哥的表情漸漸從疑惑轉為驚訝，不自主地張開了嘴：「你的意思是……」

「我不是一不小心才站上這個位置的，在你眼裡看來是個意外，但對於那些爾學義的生意夥伴和政商共犯結構，爾學義在旅館街那檔事之後已經失控了，他誰都不信任，這傷害到了他們的生意，也折損了他們的利益。」周朔肩膀一沉：「這場陰謀運作很久了，我加入的時間還算晚的，更確切地來說，是他們先訂下了計畫的方向，最後才選擇了我，我沒有太多的選擇餘裕。我唯一能做的，就只有讓疤臉退出這場噁心的遊戲……套你的話來說，這次是我救了疤臉。」

「那你之後要怎麼辦？繼續賣白粉嗎？」儘管還是心有怨懟，不過辰哥聽完這一大段後，火氣已經被無奈給替代了。

「我可以答應你，五年之內，我的手下不會有人靠白粉賺錢。」周朔也收起原先的傲慢和疏離，認真地對著辰哥答道：「除此之外，十年之內，我會讓這座城市沾染白粉生意的黑幫都沒法混下去。」

「這怎麼可能做到？」辰哥不以為然地冷哼一聲，可是嘲弄的語氣稍稍收斂了些：「你不是說，如果不碰毒品，就等著被消滅嗎？你要是不碰白粉，靠甚麼在這社會的陰暗面立足？又憑甚麼讓別人過不下去？」

「這幾年，我倒覺得自己蠻擅長一些事情的……」周朔不知怎地笑了起來。

「甚麼事？」辰哥一下也被吊起了興趣。

「就是調查和臥底那檔事，」周朔眨眨眼：「在這時代，資訊可是很值錢的，再加上黑幫的人力物力，說難聽點就是狗仔和勒索，不過能勒索的都是有錢人，而且是做過虧心事的有錢人，就當它是劫富濟貧吧！」

「這麼說，你還想繼續當臥底？」辰哥抬起一邊的眉毛。

「我有說過不要嗎？」周朔聳聳肩。

「讓一個爾幫的共主當臥底，我可擔受不起啊！」辰哥說著自憐地苦笑：「一個城市的黑幫老大，搞到最後居然是警方的臥底，這說出去有誰相信？」

「我不需要誰相信，我自己相信就可以。」周朔只堅定地回答。

終曲

「在那之後，我順利獲得各方的支持，出任了福東會的會長，用一年半的時間拉攏盟友和掃除異己，將福東會改組成權力更集中的新月集團，以此為基礎將幫派逐漸公司化，四年半就兌現了我的承諾，新月集團底下沒人再碰白粉。」周朔說到這裡稍微頓了頓，閉上眼睛像在回憶：「至於疤臉嘛！辰哥成功說服檢察官忽視那張相片的硝煙反應，最後只關了五年。」

「很不錯的故事。」郭警官不置可否地點點頭，接著朝桌上的錄音機努了努下巴：「故事說完了，知道那是甚麼嗎？」

「錄音機？」雖然是疑問句，周朔眼裡卻滿是從容自信。

「裡面裝了捲帶子，不過不是用來錄音的空白帶，而是有內容的。」郭警官身子稍稍趨向前，右手放到錄音機上頭：「不過聽你說這麼一大段，你似乎早就知道這錄音帶裡面會有甚麼？」

「我就是說個故事，沒太多意思。」周朔微微勾起一邊的嘴角。

「我都快搞不清你說的是真話還假話了……」郭警官不是滋味地苦笑，神情無奈地搖了搖頭，接著手指探到了播放鍵上頭，沒有太多猶豫，喀擦一聲便按了下去，錄音機一下傳出運轉的沙沙聲響，和一個熟悉的男性嗓音。

「你用這張相片威脅疤臉，逼他殺了爾學義？」

「你這不是把答案給講出來了嗎？……是的，是我要他做的。」

郭警官按下了錄音機的暫停鍵，有些失落地靠上身後的椅背，過了許久才指著桌上的錄音機問：「照你的故事，這捲錄音帶是那時候錄的？」

「辰哥不熟悉那間分局的偵訊室，離開前才發現書記官桌上的錄音機正在錄音，他本來想洗掉的，可是最後把錄音帶整捲取走，說是要作為預防我之後背叛的保險，就像威脅疤臉用的那張相片。」周朔一臉懷念地望著錄音機。

「不是我沒播完，而是裡面就只有這麼一段，之前我們誰都聽不出來另一個是誰的聲音，但是經你一提醒，的確挺像孟署長。」郭警官指了指桌上的錄音機：「按你的說法，這應該是孟夏辰署長的東西？」

「的確是他的東西，不過我猜寄錄音帶來的人不是他。」周朔很快答道，接著一臉狐疑地望著郭警官問：「你說誰也聽不出來辰哥的聲音，可是我的聲音應該更少人聽過，是怎麼知道那是我的？」

「因為信上就用直尺一筆一畫描著兩個字，『周』、『朔』。」郭警官也很乾脆地回答，接著問：「你對寄信的人有概念嗎？」

「無論是誰，這個人都很不得了。」周朔只淡淡地應了句。

「的確，還得要潛入警政署長的地盤啊！」郭警官也感嘆道：「要是孟署長謹慎點，把錄音帶鎖進了保險櫃，這代表那保險櫃的機密都外洩了。」

「他的確是個謹慎的人。」周朔答腔道。

「這個人的目的是甚麼？」郭警官咕噥著：「把錄音帶寄過來又是為什麼？」

「示威。」周朔很快回答，接著又仔細分析：「或許，辰哥那裡已經接到了對方的條件，如果不從的話，下次寄來的，就是一捲完整的帶子了。」

「你真的毫無頭緒？」郭警官不可置信地又問。

「如果我心裡有底的話，還會浪費時間跟你說這個故事嗎？」周朔出乎意料地反問，又搶在郭警官提問之前接著說：「跟你說這個故事，不就是為了在警局裡面留個眼線，幫忙注意之後的動向嘛！」

「你又怎麼能確定我會幫你？」郭警官不服氣地頂一句。

「從你剛剛的態度就知道了。」周朔彷彿被逗樂了，抽著鼻子低聲笑幾聲：「你放完錄音帶，沒問我到底是不是真的教唆殺人，也沒再細問錄音帶的內容，就問我對寄錄音帶的人有沒有概念，這還不夠明顯嗎？」

「我……」郭警官一時語塞，臉部肌肉像失調般雜亂抽動了好一會兒，過許久才又開口：

「就只為了讓我幫你，需要這麼大費周章嗎？」

「現在我和辰哥身邊不知道被安了多少眼線，我既然名正言順地被找到警局裡，誰也不會想到我會跟一名身家清白的刑警套近乎吧？」周朔說到這裡狡黠一笑：「最危險的地方常常最安全，不是嗎？」

「但是你把所有刑警都叫出去了，他們難道不懷疑嗎？」郭警官又問。

「都到這裡了，我想也沒法再隱瞞下去了。」周朔雖然這樣說，臉上卻全是作弄的笑容：「那些人不全都是我弄走的，大部分是辰哥透過你們的長官把人調開，那些調不走的人才由我的人負責。」

「所以署長他……」郭警官驚愕地張大了嘴，臉部表情又頓時全亂套了，過會兒才理了理情緒接著問：「那我能怎麼幫你？」

「這麼快就跟我要任務啦！」周朔啞然失笑，但又很快收住：「逗你的……其實也沒要你做甚麼，就是留點心眼，好好活下去，需要你時自然會找你，如果沒找你，如果最終你將孤軍奮戰，至少你聽過這個故事了，自然知道怎麼做是最好的。」

「所以我要做的，就只是聽故事而已？」郭警官狐疑地眯起眼，往前探了探身子又向周朔確認：「你真的對搞事的人一點概念都沒有？」

「看來你的概念倒是蠻多的。」周朔微微歪著頭：「不如你先說說看。」

「照你的故事，如果不是爾幫的舊人馬，就是你們這幾年來得罪過的人。」郭警官很快便回答：「這一弄等於是同時激怒了黑白兩道的頭頭，即使誰有這個能耐去偷錄音帶，應該也沒多少人有這個膽。」

「如果要說有誰有這個能耐和這個膽，就是那些被掃掉的舊勢力。」周朔幫郭警官說下去：「不過知道這個也沒甚麼用，現在就是山雨欲來風滿樓，我們能做的，就是留人留心眼，努力保全自己的實力，以備之後和對方決一死戰。」

「我覺得我肯定是瘋了……」郭警官苦笑著搖搖頭：「但我現在就是信你和你的那個破故事。」

「的確，黑幫老大到頭來竟是警方臥底，能有幾個人相信？聽故事的人能選擇信或不信，可是故事裡的人是沒得選的。」周朔臉上的笑容頓時消失無蹤，一臉陰鬱地接著說：「我的故事算是說完了，但是對這座城市來說，故事現在才正要開始。」

（全文完）

後記　至少你聽過這個故事了

「一個人在壓力下做出的選擇，相對也嶄露了角色本色，壓力越大，顯露出的真相越深刻，這個選擇也越貼近角色的重要本質。」

——羅伯特．麥基《故事的解剖》

筆者一直都很喜歡《教父》、《無間道》這類黑幫電影，除了因為黑幫是不見光的領域，總引人想一探究竟外，同時也是因為在這暗不見天的背景之下，角色常常承受著外人難以想像的壓力，他們的選擇便也更加貼近原始的人性。

故事總是從某個選擇開始的。

《教父》三部曲說的是麥可在家族面臨危機時，所做出的一切困難決定，《無間道》三部曲的主軸則是黑白兩道交互派駐臥底，臥底在面臨曝光壓力以及自我迷失時，所做出的一連串選擇。

而呈現給各位讀者的這本《棄子：城市黑幫往事》，也有著一個鮮明的主題：「這是一個警方臥底因種種原因混成黑幫老大的故事。」一開始就交代了結局，但是更重要的是走向這個結局的原因，以及書中角色所做的種種選擇。

書中也致敬了《無間道》那兩句經典台詞：「沒得選」、「你自己選的」。

儘管周朔常說著「沒得選」，然而就如同孟夏辰所說的，周朔其實一直都有退出的餘地，不過如果再更細究，那些周朔能做出不同選擇的關鍵時刻，也常常隱含著情感上的不得不然。選擇，也是《伊卡洛斯的罪刑》的主要命題。

在這裡要先感謝秀威資訊、喬齊安主任以及陳慈蓉編輯，讓我人生的第一本書——《伊卡洛斯的罪刑》得以出版，並又推出了後續的外傳作品，也就是各位讀者正在閱讀的此作。

兩部作品不僅分享著共同的世界觀，主角群也都於故事末尾做出了重大抉擇，也都將於之後展開新的冒險，而且兩部作品的結局時間點相當接近，頗有英雄集結前的氣氛，至於是否在未來的作品正式合作，這就得看天時地利人和了。

兩部作品的另一共通點，在於它們對「黑白」的看法，即很多事情並不能只看表面就下定論。《伊卡洛斯的罪刑》講述的是民主制度下的成王敗寇，而《棄子：城市黑幫往事》的正義論又更加殘酷且真實。

作為正義象徵的警方，可以為了欺瞞爾學義，讓一半的臥底踏入死亡陷阱，作為警方一員的孟夏辰，也在對抗怪獸的過程中沾染了狡詐的脾性，時不時就算計著本應是夥伴的周朔，也讓兩人總隔著一段維妙的距離。

而作為罪惡淵藪的黑幫，卻也是周朔唯一能找到溫暖和倚靠的地方，同時也是死對頭「疤臉」的避風港。周朔正是因為處在這黑不黑、白不白的模糊地帶，所以才會從一名孤兒當上了警方臥底，進而又坐到了黑幫老大的位子上。

另外，兩部作品也都取材自台灣的社會現實，然而筆者並不建議讀者對號入座，並不是為了避嫌，或者害怕沾染是非，而是小說在重新拆解包裝之後，裡面的角色早已不是現實中的人物。

小說常常會將事情過份簡化，或者添油加醋一點娛樂性元素，因此書中的是非不應該與現實的對錯相提並論，若筆者真想分析社會現況，那應該去寫一篇論文，或者一篇報導，而不是一個半真半假的故事。

那這篇故事存在的目的是什麼呢？

至少這是一個不錯的故事吧！我是這麼希望的。

至於更深層的意義，我想能以周朔對郭警官說的那句話作結：「如果最終你將孤軍奮戰，至少你聽過這個故事了，自然知道怎麼做是最好的。」

2018夏　楓雨　文

要冒險5　PG2102

要有光
FIAT LUX

棄子：
城市黑幫往事

作　　者　　楓　雨
責任編輯　　陳慈蓉
圖文排版　　周妤靜
封面設計　　王嵩賀

出版策劃　　要有光
發 行 人　　宋政坤
法律顧問　　毛國樑　律師
印製發行　　秀威資訊科技股份有限公司
114台北市內湖區瑞光路76巷65號1樓
電話：+886-2-2796-3638　傳真：+886-2-2796-1377
http://www.showwe.com.tw
劃撥帳號　　19563868　戶名：秀威資訊科技股份有限公司
讀者服務信箱：service@showwe.com.tw
展售門市　　國家書店（松江門市）
104台北市中山區松江路209號1樓
電話：+886-2-2518-0207　傳真：+886-2-2518-0778
網路訂購　　秀威網路書店：https://store.showwe.tw
國家網路書店：https://www.govbooks.com.tw
總 經 銷　　聯合發行股份有限公司
231新北市新店區寶橋路235巷6弄6號4F
電話：+886-2-2917-8022　傳真：+886-2-2915-6275

出版日期　　2018年10月　BOD一版
定　　價　　290元

版權所有・翻印必究（本書如有缺頁、破損或裝訂錯誤，請寄回更換）
Copyright © 2018 by Showwe Information Co., Ltd.
All Rights Reserved

Printed in Taiwan

國家圖書館出版品預行編目

棄子：城市黑幫往事 / 楓雨著. -- 一版. -- 臺
北市：要有光, 2018.10
面； 公分. -- (要冒險 ; 5)
BOD版
ISBN 978-986-96693-4-4(平裝)

857.81 107012940

讀者回函卡

感謝您購買本書，為提升服務品質，請填妥以下資料，將讀者回函卡直接寄回或傳真本公司，收到您的寶貴意見後，我們會收藏記錄及檢討，謝謝！
如您需要了解本公司最新出版書目、購書優惠或企劃活動，歡迎您上網查詢或下載相關資料：http:// www.showwe.com.tw

您購買的書名：________________________________

出生日期：________年________月________日

學歷：□高中（含）以下　□大專　□研究所（含）以上

職業：□製造業　□金融業　□資訊業　□軍警　□傳播業　□自由業
　　　□服務業　□公務員　□教職　□學生　□家管　□其它_____

購書地點：□網路書店　□實體書店　□書展　□郵購　□贈閱　□其他

您從何得知本書的消息？

□網路書店　□實體書店　□網路搜尋　□電子報　□書訊　□雜誌
□傳播媒體　□親友推薦　□網站推薦　□部落格　□其他__________

您對本書的評價：（請填代號　1.非常滿意　2.滿意　3.尚可　4.再改進）

封面設計____　版面編排____　內容____　文／譯筆____　價格____

讀完書後您覺得：

□很有收穫　□有收穫　□收穫不多　□沒收穫

對我們的建議：________________________________

____

____

____

請貼
郵票

11466
台北市內湖區瑞光路 76 巷 65 號 1 樓
秀威資訊科技股份有限公司 收
BOD 數位出版事業部

（請沿線對折寄回，謝謝！）

姓　　名：＿＿＿＿＿＿＿＿　年齡：＿＿＿＿　性別：□女　□男

郵遞區號：□□□□□

地　　址：＿＿＿＿＿＿＿＿＿＿＿＿＿＿＿＿

聯絡電話：(日)＿＿＿＿＿＿＿＿　(夜)＿＿＿＿＿＿＿＿

E-mail：＿＿＿＿＿＿＿＿＿＿＿＿＿＿＿＿